谢向东
著
散文集

爱情石缘

中国出版集团
现代出版社

图书在版编目（CIP）数据

爱情石缘/谢向东著. --北京：现代出版社，2018.1
ISBN 978-7-5143-6779-9

Ⅰ. ①爱… Ⅱ. ①谢… Ⅲ. ①散文集－中国－当代
Ⅳ. ①I267

中国版本图书馆CIP数据核字（2018）第007268号

爱情石缘

作　　者　谢向东
责任编辑　杨学庆
出版发行　现代出版社
地　　址　北京市安定门外安华里504号
邮政编码　100011
电　　话　010-64267325　010-64245264（兼传真）
网　　址　www.1980xd.com
电子邮箱　xiandai@vip.sina.com
印　　刷　成都市兴雅致印务有限责任公司
开　　本　710mm×1000mm　1/16
印　　张　15
字　　数　245千
版　　次　2018年1月第1版　2020年6月第2次印刷
书　　号　ISBN 978-7-5143-6779-9
定　　价　52.80元

爱情石缘序

“石缘”之前加上“爱情”二字并非为了追时髦赶新潮。从古至今，大凡文学作品，无不贯穿生与死、爱与恨这一永恒主题，如此而已。石，大千世界，千姿百态。我有缘到过黄山（安徽），华山（陕西），五台山（山西），桂子山（武汉），西山（桂平），花山（宁明），五皇山（浦北），那雾山（钦南），等等，有缘见到过林林总总、千奇百怪的石。我相信石是有灵气的，有生命的，有灵魂的。一定记载着许多不为人知的感人故事，石的故事一定不比人的故事逊色，甚至比人的故事更精彩。2017年年初在柳州市柳江区一所我称之为“大美壮校”的学校里，我就见到过会唱歌的石头，令人啧啧称奇。而在两年多以前，广西钦州市钦南区开始打造特色旅游名县，为此开发了一座充满神奇色彩，终年浓雾缭绕的那雾山。那雾山上有四奇——奇山、奇石、奇水、奇茶，深深吸引了一批又一批文艺工作者们的眼球，他们有作家，摄影家，书法家，有长有幼，有男有女，我是近水楼台先得月，为那些石头赋予生命和色彩，其中，我较满意的就是那块于山顶上巍巍不动、历经千百万年的石，我称之为“爱情石”，我用心感受着石的灵气，与之对话。为写好山的文章，石的文章，我与作协的兄弟姐妹们数度登上那雾山，其中一次采访，大雨磅礴，电闪雷鸣，我与伙伴们困在山下，强烈感受到山的雄伟，雾的缠绵，内心十分敬畏大自然，热爱大自然。（此次征得他们同意特收两三篇精彩之作放在本文集之中）在风中雨中，在浓浓的雾中，在强烈的阳光下，我们一次又一次登上那雾山，深入采风，采访群众，为此写出了大量那雾山的作品，如果有合适机会，我建议亦编辑成一本专著，隆重推出。此为后话。于是一位领导同事半开玩笑说我是情比石坚！我报以会心一笑。其实，与石相比，我是自愧不如的。唯有对文学不懈的追求，构成了我生命的重要部分。人活在世上，总是要追求一些有价值的东西。当人们满足一定物质的基础，人的内心所寻求的就是获得感，幸福感，归属感。而文明与文化总是一脉相承的。广西钦州地处北部湾经济区之核心，与南（南宁）、北（北海）、防（防城港）构成了北部湾经济区，笔者所工作生活的钦南区正是在核心之核心。十二年前当我离开条件优厚的司法机关，来到钦南工作，我是无怨无悔的，下来的当年我写下了《神奇的钦南》，作为对该核心区的见面礼！当然后来的工作强烈度是无论如何我也想象不到的，这十二年多我参与了党委督查，综治维稳，城乡清洁工程，林业制度改革，精准扶贫，创特色旅游名县，创全国文明城和而今的全域旅游工作等一连串工作，一件件，一桩桩，锻炼了自己。一位常委领导鼓励我说，有付出总会有收获的。的确，我辛勤笔耕不止，收获了春风，收获了秋实，虽然鲜花和掌声不属于我，但我的收获是满满的。我先后写了《十年磨一剑》《东场，我永远眷恋的土地》等篇章，十二年我练就了内心的强大，学会了与人为善，文明礼让，助人为乐。每当我深入最基层走村串寨，看到有些群众生活还十分困苦，农村的艰难与城市的繁华形成鲜明对比，而我又不能给予他们更多的帮忙，回到家中，越想越不是味道，一向自以为坚强的我，有时竟然失声痛哭。这十二年来，我拼命工作，所在的乡镇林改荣获市区一等奖，钦南区第一名，综治，维稳，计生，城乡清洁一改落后面貌，打了翻身仗。我曾七个年度被评为优秀，五次被评为称职。同时坚持笔耕，出版了《南方雨韵》（作品集），《论文集》多篇论文获各级奖。十二年来，我痛失一个好领导好校长王培才，二位恩师徐汝钊、杨松，亲爱的四叔绍凡，还有一直关心支持我的好友立英！对生与死这个概念更是多了一层更深的理解！令我最愧疚的是对我的老母亲，自从到了钦南区工作，母亲多次不慎摔伤头部，腰部摔破，骨折，鲜血直流，嘴唇毫无血色，几次下了病危通知书，而今由于受脑血栓影响，说不出话来，只能依靠简单的动作交流，令人心碎。而作为儿子的我都不能留守母亲身边，因为组织上曾将一个镇数万群众，将一个区以万为计的贫困农民的脱贫任务交给我，而今我作为创建文明城的具体执行者，创四城沉甸甸的担子压在肩上。这时我对自古忠孝不能两全，才真正明白其中的含义。所有以上许多许多构成了《爱情石缘》的篇章。还有一个“缘”字，我是相信的。自从我参与文明创建工作，我深刻认识到这支文明大军的力量，一支充满正能量的文明大军，指导着全区精神文明建设工作，从城市到农村，遍布他们的足迹身影，有的同事一干就是数十年，无怨无悔！南宁老大哥创城工作数十年如一日，继续保持全国文明城这个含金量极高的奖牌，钦州目前虽然还比不上南宁，但创建成效显著，礼让斑马线，文明礼貌蔚然成风。所有一切的一切，充分表明，文明给人们更多的幸福感，属得感，归属感！创城为民，创城惠民。

当我写下以上文字时正值祖国六十八岁生日，我内心高呼祖国万岁！人民万岁！大美钦南，大美钦州，大美广西，大美中国！我爱你们！

是为序。

目录
CONTENTS

第一辑　父母亲恩

第二辑　爱情石缘

第三辑　文海泛舟

第四辑　文明花苑

第五辑　寄情山水

第六辑　十年磨剑

第一辑　父母亲恩

如果将父亲比作太阳，那么母亲就犹如月亮，众亲便是满天的星星。父母亲恩，哪怕就是说上三天三夜也说不完。

月圆的时候——再悼父亲

秋风渐渐起了，月亮悄悄圆了起来。月儿素来是温馨的，给人以洁白无瑕的感觉，让人感动。

十七年前那个秋天，我风尘仆仆从首府搭乘快巴回到防城，第一时间赶到医院，我是多么希望父亲能用慈祥的笑容来迎接我。然而，等到的却是父亲病危的消息，父亲大口大口吐着鲜血，把脸盆的水都染红了。

父亲是解放战争前就上山参加革命的红小鬼，当时父亲只是念中学，属于投笔从戎。而带领父亲走上革命道路的是我的六公，这是一个出身于中山大学的秀才，他带领父亲和村里几个兄弟参加革命，属于父亲革命的领路人。父亲虽然当时只是红小鬼，但作战十分英勇，深受游击队领导和队员们的好评。战争磨炼了父亲的胆略，脱掉书生气，父亲成为游击队中一名英勇善战、机智灵活的战斗员。而正是这样，才救了父亲一命。一次父亲上茅坑，刚一蹲下，砰的一枪，原来是一个土匪想暗算父亲，放黑枪，父亲大便也不拉了，提起驳壳枪，瞅准机会冲了出去，说时迟那时快，父亲一个健步到了土匪身边，将驳壳枪顶在土匪脑袋上，生擒了土匪。听到枪声，其他队员也围了过来，只见父亲孤身一人已制伏土匪，大伙配合将土匪捆个五花大绑，然后拉到乡里游村示众。诸如此类，父亲所遇到的大大小小危险多次，凭着父亲的机智勇敢，一一化险为夷。1949 年后，组织见父亲有一定文化基础，就将父亲送到广州中山大学深造。学成归来后安排到一家公司工作，成为一名工程师。父亲用他在大学深造回来的知识为县里培养了不少骨干，不少单位办学习班时也邀父亲去讲课。

父亲单位在中山路，有时父亲晚上去加班时，我也悄悄地跟过去，我缠着父亲要求父亲教我学写字，父亲微笑地看着我，在纸上写下了十二个大字，“毛主席万岁！”“中国共产党万岁！”说来也奇，照着父亲的笔画我一下学会了十二个字，父亲十分欣慰地对我说，“向东是有文字天赋的。”父亲一般极少夸赞人的。我知道那是父亲的心里话，他心里肯定十分高兴！有一次父亲公司加菜，我负责将菜送回家，然后再将碟子送还公司，眼看公司大门口就到了，我一不小心，碟子摔在地上全碎了。我赶紧捡起碎片，心里想这下闯祸了，肯定会被父亲责骂的。谁知道当我红着眼睛向父亲说明一切时，父亲温和地对我说，“向东，以后小心一点就是了。打碎公司的东西，爸爸赔钱就行啦，不用放在心上。”父亲的包容让我十分感动。

我在其他文章中说过，因为母亲怀我时营养不良，母亲直到即将生产，别人基本看不出来，而我出生时只有三斤，别人说这个小家伙难以养活哦。父亲毕竟是学医的，懂得如何先天不足，后天补，变着法子为我补充营养，父母齐心协力硬是将我抚养成人。父亲的恩情三天三夜也说不完。

然而，有一次我公然逃学，和街上几个小伙伴光着屁股到北仑河里潜水捞铜钱打算换钱买东西吃，这事父亲不知怎么知道了，他冲到河边，怒火冲天地要我立即上岸，我上岸后正想穿上裤子，被父亲一把抓住，一个巴掌打在屁股上火辣辣痛，父亲严厉地说，“不去上学，像什么样？小小年纪，不知河水无情吗？有多危险知道吗？今天我要你跪在河边，让你悔改认错！直到认识好为止。”我哭着对父亲检讨说：“爸爸，我知错了，以后再也不敢了！”父亲这才让我起来，这时我才懂得什么叫严父慈母！在父亲的严管和母亲的呵护下，我一天一天长大，后来我到外地上学，父亲总是如期将生活费邮寄过来，然后附上亲笔信，千叮嘱万交代我要好好学习，出门在外，注意安全。

毕业后我分到外地工作。十七年前我借调到省府在高级人民法院工作，父亲很替我高兴。我设想着有朝一日我调到省城了，接父母过来享受一下清福！尽一尽儿子的孝心！谁知道这年夏天我突然接到哥哥的电话称父亲得了绝症。问我怎么办。我坚定地说：“医！”为了救治父亲，我将父亲接到钦州，毕竟这里的医疗条件比家乡好多了！然而由于发现迟了，无法再做介入治疗，只能采取保守疗法。治疗一个多月后病情大致稳定下来。父亲看到我两头奔忙，于是提出回家乡算了。父亲说，“人老了，叶落归根了！”我和哥哥商量只好按父亲的意愿将父亲接回家乡。转眼到了九月三十日，我乘坐班车回到家乡，到了医院看到我最不愿意看到的一幕，父亲病危。家里的个别兄弟提出干脆不治了，拉回家算了，我火气上来了，骂道，“哪有这样对亲人的？不愿在此的，请滚蛋！”由于我的坚持，经过医生抢救，父亲终于度过第一次鬼门关。国庆了，普天同庆，我们几兄弟在医院陪着父亲过了他生命中的最后一个国庆节。那年也是国庆之后迎来中秋，但父亲已然奄奄一息，父亲知道他时日不多了，早在九月三十日那天就将他值钱的东西交代要转交给母亲和我。生命终究撑不过病魔折磨，尽管我十天十夜不离不弃，寸步不离守护着父亲，十月九日上午七点五十分我放在父亲心窝上的手最后一次触摸到父亲的心跳，父亲带着许多不舍，带着对儿女们的爱，离开了人间。坚强的我，终于忍不住失声痛哭——亲爱的爸爸，三儿是多么爱您！您为何忍心离去？您对儿子的养育之恩，三儿还没有好好报答呢？

从此以后每逢月圆的时候，想念父亲的和蔼笑容，鼓励的话语，想念父亲生前一言一行已然成为一种习惯！我不知道在天堂上的父亲过得如何，我也不知道人世间是否有来世。如果有，亲爱的爸爸，下辈子三儿仍然愿意做您的儿子，以好好报答您！

怀念父亲

又是一年一度的清明节，站在父亲的墓前，青青的坟草又勾起我对父亲无限深情的回忆……

从小我就是父亲最疼爱的儿子，或许是自己有几分小聪明的缘故吧。当然，我知道父亲疼爱自己的孩子，是不需要有太多的理由的。很小的时候，父亲就教会了我五个字：毛主席万岁！父亲对党是怀有很深的感情的。父亲走上了革命道路，全靠党的指引。父亲 15 岁的时候，上山参加了游击队，在当时被人们称作“红小鬼”，在不少战斗中，父亲都显得很勇敢。像父亲那样的资历要当个带长的干部是够资格的。但生性正直的父亲却选择了学农，组织上满足了他的愿望，中华人民共和国成立初期便选派他到广州一家农学院深造，学得了一二门农技。可以说父亲对农技是十分喜欢的，对农民群众也有着深厚的感情。从我懂事的时候起，就知道父亲在农村与许多农民群众交成朋友。东兴楠木山的英明伯等农民群众，一有空就到县城找父亲咨询农事。每月领微薄工资，极少喝酒的父亲，一看到有农民朋友来找他，便高兴得像个孩子，乐呵呵地炒上几道菜，还特意买酒来招待乡下来的客人。父亲做菜色、香、味俱全，绝不比大酒家的厨师逊色。但我敬重的还是父亲的为人：正直、老实、无私，待人一副热心肠。在我所知道的就有许多农民群众得到过父亲的救助。比如上述所提到的英明伯，一次其子不幸得肺炎，危在旦夕，父亲二话不说，掏出身上仅有的 30 块钱，交给英明伯作医疗费，救了英明伯儿子一命，使英明伯一家十分感激。

在“文化大革命”那场浩劫中，父亲不幸被造反派当作牛鬼蛇神，放到“五七”干校去接受改造。“五七”干校是一个距县城十多公里的地方，父亲到那里去改造，主要任务是放牛和挑粪水浇菜。有一次突然来了暴风雨，父亲为了不让牛被淋湿，竟在风雨中奔跑了几小时，结果患了重感冒，一下子就病倒了。那天，我到东兴县人民医院看望父亲，一看到父亲瘦得皮包骨一副弱不禁风的样子，我难过得一下就掉下了眼泪，父亲笑一笑对我说："傻孩子，不要哭，男儿有泪不轻弹嘛。"

有一年，我参加了全县青年书法比赛，获得一等奖，父亲听了很高兴，但紧接着父亲就勉励我说，"一个成功的人应坚持做到，不得意忘形，失意不失志。"

我把父亲的话放在了心上。可以说，这么多年，我都是父亲看着一步一步成长的，当我取得成绩时，父亲总给予客观的评价；当我遇到挫折时，父亲总是予以亲切鼓励……

然而，无情的病魔过早地夺去了父亲的生命。我敬爱的父亲已离开人世近三年了，父亲的离去是我一生的痛，失去父亲的最初那段日子，我的内心是非常痛苦的，但我坚强地挺了过来。

而今，站在父亲墓前，青青的坟草在春风的吹拂下呼呼作响。风儿呀，请你给我的父亲捎句话：父亲，您安息吧，您的儿子一定不会辜负您的期望！不会辜负这大好的春光！

母亲像皓月

秋意渐浓，夜雨敲窗，圆圆的皓月就挂在窗户上。国庆节连着中秋节好不惬意。国庆当日一早，我起了个大早，赶忙准备回家乡探望母亲的东西。我心情激动，为探望母亲，我特地提前几天写好请假报告送部长审核同意后再送区委书记签批。终于在放假前的一天书记批准了，我别提有多高兴了。可能是过于高兴，动作重了，把妻子吵醒了。妻子比我小，嫁给我七八年了，已过了七年之痒，我们相亲相爱，相敬如宾。但这几年妻子咽喉坏了，上不了课，情绪受影响，夜里常失眠，我自然不忍心吵醒她，想让她多睡一下。既然吵醒了，我干脆让她起来，看看有什么适合母亲吃的。妻子提议将那箱玉米须做的饮料带回给母亲，饮料原本是单位工会发给妻子的福利，妻子舍不得喝，我望着妻子，觉得此时此刻的妻子美丽极了，妻子也深情地回望着我。我想天上的老父亲如果知道，他的三儿后来娶媳妇了，而且是个知书达礼的媳妇，心里肯定会很高兴，我猜想父亲一定知道。

吃了早餐，一切就绪，我们便开始出发。从居住地到高速路口，本来算是一马平川的，但今天成了车的大军，车的大海，川流不息。妻子提示我要文明驾驶不要和人争抢，毕竟是节日，人人归心似箭要多多理解。我笑道，“老婆大人，请放心，一定遵命。”我的调皮样子，逗得妻子忍俊不禁，她也笑了。在我与妻子的亲切交流中，车跟着车缓缓向前推进，终于到了高速路口，新建的八车道的高速路口收费站一下分流了众多的车辆。由于节日车辆免费，车辆通过路口的速度更快了！我和妻子都期待快点到母亲身边。不一会儿工夫车便回到家乡的高速路口，人不算多。我们顺利出了高速，我便给哥哥打电话，称我们已出高速了，叫哥哥从门市部回家。仅仅一会儿，我们便回到哥哥和母亲居住的小区。这是家乡新开发的一个小区，地处繁华闹市，哥哥做着手势指挥我停车，并抢着帮拎东西。我对妻子说，“长兄如父。哥哥今天表现不错。”上到哥哥居住的房间，母亲正准备休息，知道我们回来了，赶紧让阿姨扶着她出来。母亲年过八旬了，身体自然大不如从前，特别是这十余年来，多次摔倒，元气大伤。让人替她揪心。也是我内心深处一个隐痛，自古忠孝难两全。大约一个月前母亲又摔倒了，肺部亦感染，咳个不停，我和哥哥将她送去住院半个月，才慢慢有了好转。

此刻母亲紧紧地握着我和妻子的手，脸上乐呵呵，像一朵菊花，笑得灿烂。母亲从来都是善良的，她用单薄的肩膀挑起养活一家人的重担，从来都是毫无怨言，就像天上的皓月，发出温柔的光芒。母亲在，家就在，亲情就在。妻子拿出饮料先假装大喝了一口，母亲见状，十分高兴地将倒进她口杯的玉米须汁一口气饮完，还特地将口杯递给我看，她已饮了。然后像淘气的小孩子一样也让我喝。我学着母亲的样子一口将饮料喝个精光，母亲居然为我鼓掌。

这一刻我的心都陶醉了，在母亲的身边真好！可以每时每刻沐浴到母亲如皓月般发出的温柔之光。

孝敬父母

一年一度的春节又到了。我怀着喜悦的心情回到父母的身边，享受人间天伦之乐。

父母看到我高兴得合不拢嘴。我拿出姐姐给父母的礼物——新衣裳，并送上儿女对父母的一点点孝心：两个大红包。年过古稀的父母，竟高兴得像小孩儿一样。

大年三十，全家老小吃上一餐团圆饭，我吃得特别开心，毕竟这顿团圆饭是我亲自主理的，父母连声称赞说味道好。从那一刻起，我拿定主意，今年过年哪儿也不去，做一次乖乖仔，当一回“伙头军”，尽儿子的一份孝心，来孝敬父母。

于是，整个春节假期，我杀鸡宰鸭，忙得不亦乐乎，为了家人吃得开心，我使尽从书本学来的烹调手艺，不断翻新变换着花样，昨日清蒸，今日红烧，明日白切鸡、梧州鸭。那味用猪脚做成的“狗肉”竟达到以假乱真的水平。父亲满意地看着我说，“咱们的三儿进步了！”面对父亲的夸奖，我有点不好意思地说：“爸爸您过奖了。”

确确实实，我在钦州工作，虽说距家乡不算远，但由于工作等关系，回家孝敬父母的机会极少。父母双亲均已年届古稀，还要照顾我大哥仅一周岁的孙子，十分辛苦。而我仅仅是为父母尽了一点孝心，父母便心满意足，其乐融融。相比之下，我觉得十分惭愧。正在这时，电视里传出了那首令人亲切熟悉的歌《常回家看看》，“……父母不图儿女为家做多大贡献，一辈子不容易呀，就奔个团团圆圆……”。为了不负父母的养育之恩，龙年主题：孝敬父母，我一定常回家看看！

门前的礼楂树

我的家乡是十万大山的边陲小镇——东兴。东兴与越南芒街仅一河之隔，中越两国人民的友谊就像清亮亮的北仑河水那样源远流长，有着山连山水连水心连心的血肉关系。

然而，历史总是曲折发展的，24 年前越南当局在中越边境上挑起事端，点燃了战火。中国人民在忍无可忍的情况下，奋起自卫还击，捍卫了国家和民族的尊严。由于发生战争，东兴县直机关整体迁到防城。临别故土之时，我的父亲从家里后院中挖出一棵幼小的礼楂树带上。礼楂是越南语译音，大致意思是一种又酸又甜的果子吧。当时由于年幼，我对父亲干吗老远从边境取回一棵小树的举动表示不解，而父亲对此也未多作解释。日子就这样清清淡淡地过去了。一转眼过去 20 多年。父亲亲手在防城单位宿舍门前种下的这株礼楂树已长成参天大树，枝繁叶茂就像一把巨大的绿伞，为我家及邻居遮风挡雨，那浓浓的绿荫为我家和过往行人送来阵阵凉意。每到夏天，礼楂树上的果子便熟了，果子像苦楝树所结的果子那般大，红彤彤的叫人垂涎。邻舍家里的孩子来摘果子，父亲从未干涉过，有时还站在一旁笑眯眯地看邻家的孩子摘下果子贪婪地津津有味地吃着。父亲还多次叮嘱家里人不要摘果卖，说：“这是象征中越两国人民友谊的果子，不妨让更多的人来品尝。”听到父亲这么说，我原来心中的疑团一下子就揭开了，心里顿时对父亲多了几分敬佩。

边境和平后，父亲又回东兴居住。3 年前，父亲不幸患了重病，我把父亲从东兴接回防城来。父亲那天就坐在他亲手所种的礼楂树下乘凉，看上去心情很好。但我内心痛楚地知道，父亲活在世上的日子不多了。父亲当时还盘算着，等病好了，在宿舍侧边开个菜园种点菜，为家里提供一点绿色食品，为母亲也分点忧。我的心感动得流血，父亲啊父亲，你一个临终的人了，还惦记着如何为母亲分忧！80天后，因病情恶化，医治无效，父亲在医院里合上了他慈祥的眼睛。目睹父亲就这样走了，我忍不住失声痛哭……

接下来的日子，我将泪水强吞进肚里，料理好父亲的后事，安慰照顾好母亲，然后匆匆赶赴南宁参加西南政法大学研究生班第一学期的考试。怀着对父亲的思念，我拼命似的迎战，三门功课硬是被我拿下来，至今我已通过了全部考试。我想父亲若泉下有知也会欣慰的……

说来也怪，父亲走后的次年夏天，礼楂树结的果子很稀少，叶也落得厉害。礼楂树哇，莫非你也通人性，也懂得为主人的离去而悲伤?!

父亲走后的日子，母亲常常对着礼楂树垂泪。原本身体还算硬朗的母亲一下衰老了许多。毕竟是相濡以沫了几十年的夫妻啊，睹物思人，怎教母亲不伤心落泪?!

转眼便到今年"五一"节。由于工作缠身，尽管母亲很想我回去，但我只有电话告知哥哥让他转告母亲，我要迟些日子才回去。不料忽然接到家里人电话，告知单位的人说，爱卫会有通知，认为礼楂树影响环境，要砍掉！我一听这还得了，便向领导告假赶了回去。待我赶回去时，发现礼楂树浓浓的叶子变得光秃秃了。一群民工围着树，正欲挥动斧头砍树干。我说："你们住手。你们知道吗，这是我父亲亲手种的，不仅象征着中越两国人民的友谊，还为当地群众遮荫，你们就这样忍心?!"民工解释这是爱卫会的文件通知的，通知曰："请于6月1日前拆除院子周围乱搭的棚子。"压根儿就没有半句要砍树的字眼，我顿时怒火中烧，难道这就是他们砍树的理由和依据吗？我说，"我要去法庭告你们。"对方见我十分气愤，连忙说："树可以不砍，但要注意搞好清洁卫生。"难道砍掉一棵树就能搞好清洁卫生？我不知世上还有这样的歪理。看着家门口这棵光秃秃的礼楂树，我心里很不好受。在一些人看来，路边的一棵树太普通了。可一棵树也有其生命的意义，也有它展现的价值啊，没有半点理由就要剥夺它这些权利，岂不容引气愤和不解。身为法官，我同时感到普法的艰辛。啊，礼楂树，又酸又甜的礼楂树成了我梦中的隐痛?!

村边的龙眼树

一直以来我以为自己是属于滨城的，是在这座美丽的滨海城市长大的。未料到自己的根却在一个古朴的小山村里。那个名叫久果的小山村在巍峨挺拔的十万大山群山的环抱之中。当初父亲的父亲从福建迁徙而来，选中这个古朴的小山窝，是因为村前有条清澈透明的小河，河水清甜可口富含矿物质，口感很好，丝毫不亚于厂家出品的矿泉水。有了这条河水，便可免了打井之苦，加上小河距村庄不到百米，担水很方便，夏日还可接纳许多喜欢戏水的光屁股的小顽童。更重要的是，村边的龙眼树或许得益于久果村肥沃的水土灌养，长势很旺，郁郁葱葱充满生机。茂盛的枝叶浓绿，就像一把撑开了的巨大绿伞。天气热的时候，人们喜欢在树下乘凉，树纳着凉风阵阵，那清凉的感觉惬意迷人。而最惬意的季节应算成群簇拥金黄的龙眼果成熟时，皮薄肉厚，甜似蜂蜜，吃上一颗足以令人陶醉一生。

树是村庄的旗帜，树是村庄的象征。老人们总喜欢这样那样说，而我想既然村庄离不开树，每一棵树便一定蕴含一个或轰烈或悲壮的故事。这样一想，我想到了村庄几位令人尊敬的长辈的故事。

公祖——一位性格豁达，体魄强健，声音宏亮的热心肠老人。数十年前为了抗击企图强行入村烧杀掠夺的黄大牛土匪帮，率领村里强壮的青壮年组成自卫队，与土匪展开了惊心动魄的生死搏斗。经过一天一夜的激战，迫使土匪撤退，保住了村里大大小小近百人的生命和财产的安全。此事经过了数十年，知情的人们常称赞道，“公祖不屈强暴，率领村人抗击匪帮，使村庄免遭屈辱，是久果村的一大骄傲。”多少年来村人的确引以为豪，并以先人为榜样，自觉协助当地政府维护社会秩序和治安，从未发生过一起刑事案件。村里的人梦乡却祥和与安宁，绝无干扰。亚妈——父亲的母亲，是村里第一个起床，最后一个歇息的勤劳妇女，亚妈自从进了村庄，她的勤劳贤惠是村里人有口皆碑的。

亚妈心地善良，以助人为乐，遇上哪家子有病有痛或夫人生小孩便会出现亚妈硬朗忙碌的身影。亚妈尤其爱树，无论是先辈还是他们这辈人种下的树，亚妈总帮着施肥、浇水、照料。还想方设法用农药杀灭害虫。亚妈总爱说前人种树为后人乘凉。还极力主张村中的小孩子去念书。亚妈喜欢教小孩儿黄金不比黑金贵的道理。亚妈成了村里人尊敬的人。沉默寡言的父亲在评价他的母亲时是这样说的，“如果树可以代表村庄，那么亚妈应该算是一棵树，而这棵树是受人爱戴的……”。

受人爱戴的还有六公。这是一位与我亚公同辈的老人，早年毕业于广东中山大学，是他带着我父亲参加山区革命的。父亲参加革命时才十六七岁，是一个真正的红小鬼。六公自己参加革命，还带领别人参加革命，这对于当时是一个书生的六公来说，是多么的不容易。六公为我父亲选择了一条充满阳光的革命道路，自己亦甘为孺子牛，几十年如一日默默奉献，为党工作。而今六公老了，退休了，身在异乡仍然惦记着故乡的发展。这几年久果村陆续有几个后生考上大学。我大学毕业后，经过基层锻炼，迈进了钦州市中级人民法院神圣的大门，穿上了笔直的法官服，为祖国的长治久安而努力工作，喜得六公吟诗作对曰：“党的政策似阳光，阳光恩泽后来人。”

今年中秋节后，我陪同满头白发的父亲一起回到生养父亲及祖辈的村庄。父亲由于种种原因，参加革命后极少回故乡。应了那句古诗所云：“少小离家老大回，乡音未改鬓毛衰。”父亲回到阔别几十年的山村，自然感慨万千。双脚总闲不住地走动，东张西望从中感受故乡的巨变。而且父亲的话题又涉及了树。“你们知道树为什么会向村子倾斜吗？”一日父亲指着一棵较老的树问我们，我们看着父亲，不解地摇了摇头，父亲极动感情地说：“那是树在护我村哪！”树果真会守护村庄吗？我忽然又一次想到父亲对亚妈的评价，以前我不太懂父亲的话，现在我懂了：当人世间的风风雨雨袭来时，树，就像一把把撑开的绿伞，为守护村子顽强地与风暴搏击，颇有一种树在村庄在的精神，浩气长存。就像公祖、亚妈等祖辈，虽然他们已长眠在青山绿水之间，却在默默地守护着这片可爱的土地。或许他们正牵挂着他们的子孙，用一种不泯的精神守护着古朴的小山村。

村边的龙眼树郁郁葱葱。树的根在村里，也在我们心中……

平凡的夕阳

二叔是在落日黄昏时离别人世的。

二叔出生在山清水秀的广西防城区大菉镇久果村。这是一个群山环抱的小山村。二叔年轻时非常聪明，写字工整有力，作文优秀常常得在班上宣读，凭着聪明才智二叔考上了那良中学（初中），在村里算是为数不多的“小状元”。想不到厄运悄悄降临，二叔有一次在往返学校数十公里之后打了一场篮球赛，在大汗淋漓的情况下，跳到冰凉的山溪水里，由于一冷一热相斥的缘故，二叔大病了一场，因家中贫寒无法及时治疗，从此瘫痪在床上，一躺就是四十一个春秋。

由于这个缘故二叔一生没有谈过恋爱，没有生儿育女享受人生的天伦之乐。作为侄儿我无法懂得二叔的痛苦有多深，遗憾有多大。只知道，二叔并没有对生活丧失信心，他凭借坚强的意志与毅力，就这样默默地生活着，用一双巧手编织无数款式漂亮的竹制品出售，解决了家庭的负担。为了战胜病魔和痛苦，二叔还自学了中医学，经过数十年的摸索和实践，终于成为一个比较有名气的中医，为本村及外地的父老乡亲医治了不少疑难杂症，赢得了乡亲们的敬佩。由于他有一定的学识，人缘也很好，待人一副热心肠，本村的乡亲有难，他都热心地从道义乃至物资上给予大力支援。所以，乡亲们都喜欢听他的，都喜欢按他的主意办事。几十年来，左邻右舍的父老乡亲，有事都喜欢同他商量，二叔赢得了乡亲们的普遍尊敬。几天前，二叔还与乡亲们计划准备修一个水塔，解决村里的自来水用水困难。谁料到……十二月一日上午 9 点 30 分，我与哥哥回到久别的久果村，见到被病魔折磨得面无血色的二叔，显然二叔正与病魔顽强斗争，经历着一场生与死的考验。由于病痛得太厉害，他不得不吞服退热散，借药中的吗啡来麻醉自己脆弱的神经。见到二叔如此痛苦，我难过得直想掉眼泪。

下午，我风尘仆仆地赶回钦州想请一位大夫为二叔诊治。刚抵钦州十余分钟，我便接到二叔已于太阳下山的时候离开人间的噩耗，一抹平凡的小小的夕阳——我敬爱的二叔谢绍熊就这样沉沉地归去了……

二叔——呵，敬爱的二叔，纵然侄儿千呼万唤又怎能挽回得您，落日已归去，一切只留在侄儿的记忆里。二叔，我知道您是带着未竟之志而遗憾地离开人世的。但是，请您放心地去吧，家乡的明天一定会更好。

落日下去了，明天还会有一轮新的太阳。

二叔，您安息吧！

缅怀四叔

四叔离开人世已经十年多，四叔走的时候，我所在的区考察团一行正风尘仆仆赴玉林考察，我坐在先导车上，负责整个团的前卫。十余年前讯息还没有现在发达，家里的兄弟们或许知道我忙，故意事后才将消息告诉我，所以当时我就不能赶回去见四叔最后一面，实乃人生一大憾事，但也没有办法。

父亲共有四兄弟，父亲排老大，二叔绍熊（1997 年深秋在香港即将回归那年走了），四叔绍凡，晚叔绍旭。二叔、四叔的人生都是多磨难的，尤其是二叔。（我曾在《平凡的夕阳》一文叙述过，二叔年轻时不幸患病一直瘫痪在床上，父亲依靠微薄的工资，想尽千方百计，硬是将二叔医好，让他重新站了起来，谁料到二叔不慎吃到忌口食品，病重新发作，以致永远站不起来了，父亲为此痛苦地摇头说，“这就是命！”）

四叔也是历经磨难，由于家里困难一直娶不到媳妇，直到步入中年才找到一个，因没有生育，或许是四叔家里十分困难的缘故吧，这个我曾称之为四婶的女人还是逃跑了。我一了解，原来四叔没正式办理结婚登记手续，自然也没有受法律保护。尽管四叔穷，但他为人正直，心地善良，一直很疼爱侄子侄女们，我高考那年，四叔和二叔一商量特地在老家找人做了一张书桌给我做读书学习使用，并且将这张书桌从十万大山里运了出来，送到我家中。这张书桌手工精细，在当时绝对称得上“高大上”，这是二叔四叔送我最好的礼物。谁料我到外地念书的第二年家中进贼，贼以为书桌书柜里一定有很多钱物，于是撬锁撬门硬是将书桌书柜门打坏了，但依然未能撬开，或许是闹出来动静太大，作贼心虚，贼逃跑了，只可惜我心爱的书桌就这样被贼破坏了，应了那句“不怕贼偷，就怕贼惦记”。由于书桌被弄坏了，这么多年我也没搬过来，一直放置在父亲生前居住的地方，算是对亲人们一种念想吧。

二叔生前一直也承蒙四叔悉心照料，直到过世，入土为安。

对于四叔我也是懂孝敬的，逢年过节除给点钱给四叔用之外，还常常买衣服食品送给四叔，四叔接到我的东西眼圈红红的想掉眼泪，这时候我便安慰四叔说，“面包会有的，一切都会好的”。

十七年前父亲病了，四叔也是尽心尽力帮忙照顾父亲。后来怕四叔身体吃不消，我们从老家专门请了一个堂叔来照顾父亲，我与大哥大姐轮流照顾值守，直到父亲离开人世。父亲走了，四叔生活更孤单，我与我哥姐只好更多地开导，更多地支持四叔维持生意。日子就这样一天一天悄悄过去了。2006年年底由于工作需要，我被调到钦南区党委办公室工作，担任党委办副主任兼督查室主任，我的工作变得非常繁忙，经常工作到深夜，次年自治区开始开展城乡清洁工程，启动问责程序，区委让我兼任钦南区城乡清洁工程指挥部办公室主任，将另一个工作重任压在我肩膀上，工作担子和工作压力超出我的想象。为完成任务常常加班加点，每天凌晨两三点仍然在办公室战斗成了常态。对四叔关心照顾少了，五月，我亲爱的四叔在我外出到玉林考察期间不慎病逝永远离开了人间。而我连四叔最后一面也见不上。

四叔一生只有短暂的婚姻，膝下无儿无女，他走时还是我大哥和家乡的叔伯兄弟料理好他的后事，让他入土为安。十余年来，每每想到这里我便觉得心疼，但坚强的我还是将痛苦吞噬在心底。十余年来，我这个90年代加入广西作家协会会员的所谓“作家”，甚至未曾为四叔写过只言片语，我是不想揭开心底那份隐痛。四叔原谅侄儿的不孝吧！直到现在我是真正领悟到自古忠孝难两全的痛楚了。

月圆了又缺了，缺了又圆了。我对四叔的缅怀追悼之情亦像这月儿。今夜又是圆月之夜，天国里的四叔，侄儿捎着清风送去缅怀悼念之情，愿您永远安息！

悼念杨松主席

2015年8月6日下午，当我拖着疲倦的身体从乡下回到办公室，打开电脑，从市作家群里便看到杨松主席不幸于今天上午病逝的噩耗。我的心一下沉重起来，双眼也变得模糊，不争气的泪水……

4月1日，我到市扶贫办开会，收到市文联世林副主席信息，称杨松主席病了，病得不轻，问我明天是否有空一起上南宁探望他。我当即表示同意。因为我离开钦州是要报告的，我立即向分管扶贫工作的领导请假。

第二天一早，世林兄亲自开车，搭我和小朱三人匆匆从钦州出发赶往南宁。由于首府南宁修地铁，许多道路都要改道而行。历尽千辛万苦最终才到杨主席所住的广西电视台宿舍区。到了大门口，我给杨主席打电话说我们已来到宿舍区，主席让我们稍等，他让夫人何姨来接我们。片刻，何姨从宿舍下来将我们引了进去，在一幢较旧的宿舍里，我是第一个走进屋的。杨主席缓缓地走过来，显得非常开心地抱住我连声说："兄弟，兄弟！"见到我们，主席是相当高兴的，只是抱住主席瘦得轻飘飘的身体时，我的泪水忍不住掉了下来。这是得知杨主席病后，与他第一次见面的情景，仿佛就在眼前。

之后不久，我与世林兄又一次来到杨主席钦州家中探望他。主席夫人何姨贤惠地泡着茶，静静地陪伴在主席身边。那晚主要是世林兄与杨主席讨论创作上的事，我只是更多地坐在旁边聆听。心里则默默地祈祷老天保佑杨主席，让他早日康复。

之后，我出发到山东潍坊市党校学习，回来时世林兄告诉我称，文联准备为杨主席的《情感老屋》作品，举行一场作品研讨会，让我准备一篇评文。我立即答应了下来。而且凭着我对杨主席为人为事的了解，很快写出了一篇《情感的寄托与心灵的寻找——杨松老师的系列散文〈情感的老屋〉》文章，我把对杨松老师的尊敬、祝福等情愫淋漓尽致都写了出来。然而，做梦也没有想到，研讨会还没开，杨主席却走了，到另一个世界去了。用主席小女杨英的话说：“我爸是急着上天堂和徐主席一起办天堂杂志。”

痛失了文学上两位德高望重的前辈，亲朋好友无不深深地陷入悲痛中。

人生无常，逝者如斯，活着的人们当好好地珍惜！

谨以此短文，寄托一位文学爱好者对痛失恩师的追思！愿您在天堂路上一路走好！

浪花之缘

近日由于忙着收集整理《爱情石缘》稿子，自然而然，一沓熟悉的稿件《南方雨》（这是我尝试写的第一部中篇小说）上杨松老师密密麻麻的修改笔迹跃然纸上，映入眼帘。

20世纪90年代初，我与钦州一批热爱文学的小伙伴们，组织了钦州第一家文学社，并出版了《浪花文学报》，创刊号出版那天晚上正是五四青年节，我们邀请了杨松、徐汝钊等钦州知名作家和党委、政府一些领导光临座谈会，给予我们指导和指示。我清楚记得杨松老师在领导嘉宾留言簿上，用笔写下了几行字，“浪花永远是年轻的，浪花永远是纯洁的，浪花永远属于大海，我愿意成为大海中永开不败的浪花。奔腾吧——浪花！”我一直珍藏着。这算是因文学之缘而结识杨松老师。

后来，钦州市文联出版文学刊物《北部湾文学》杂志，我自然而然成了刊物的骨干作者，先后投稿并发表了诗歌《漫步海滩上》，散文《星》《散文诗一束》等一批作品。有一天我到编辑部，正好杨松老师在办公室，打过招呼后，杨松老师示意我坐了下来。杨松老师鼓励地对我说，“你的文字功底不错，为何不见你写小说呢？”我答道，“其实我写过一些短小的，就是未写过中篇，我担心写不好，驾驭不了。”杨松老师乐呵呵笑道，“其实不用担心那么多的，你运用生活积累，写你身边熟悉的人和事就行了，当然创作嘛自然是来源于生活，而高于生活。”

得到杨松老师的启迪和鼓励，我回家后，进行了一番梳理，拟定好提纲，虚构好人物和对话，待一切准备好后，我连续奋战了两天两夜，写成了一篇四万多字的中篇小说《南方雨》。这是一篇发生在某商业银行内部反腐倡廉、鞭挞时弊的小说，有真实的成分，也有虚构的情节。当我送给杨松老师指导时，他拍案称奇，连声说选材好，角度佳，人物有骨有肉，尤其是对行长马大汉这个人物设计表示十分赞赏，对银行内部改革大潮发生的故事给予充分肯定，同时对小说布局谋篇、人物对话、心理活动等细节提出宝贵的修改意见。杨松老师说，“细节决定成败，若一篇小说，细节支撑不住，是很难打动读者的。”按照杨松老师的指导意见，我拿回家里，先进行冷处理，然后进行认真细致的修改，再送给杨松老师审阅，杨松老师接到修改稿，抽着烟在办公室里认真看了起来，他忽然停了下来，学着小说里人物马大汉的样子，一拍大腿，说道，“可以发了！”弄得我忍不住笑了起来，然后小说经过杨松老师精心修改润色之后，发表在当时《北部湾文学》杂志的头条上。杨松老师还十分热情地亲笔向《广西文学》主编作了推荐，虽然因种种原因未能发出，但通过这次与杨松老师的交流，我们的文学情缘得到进一步加强，我视杨松老师为恩师，并十分钦佩他的文学功底和辛勤笔耕。后来偶然一次和杨松老师交流时，杨松老师即兴又学马大汉的样子拍了一次大腿，我于是半开玩笑称杨松老师为“老马”，因为老马爱拍板，善于拍板。作为回应，杨松老师即笑眯眯将我称作“小马”，老马与小马俨然成了一对忘年交。

那个时候，杨松老师已然退休到市委组织部担任《钦州党建》执行主编，我继续提供稿件，其中印象最深的是杨松老师用了封面，封二，封三，封底为钦南区城乡清洁工程做了正面宣传报道，满满的正能量啊！再后来，我到乡镇当党委书记，虽然忙，但是与杨松老师的文学情缘并没有中断，遇到什么不解的问题仍时时向他请教，有时几个朋友小聚一下，吃个火锅什么的，我也总不忘邀请杨松老师一声，为此他也很乐意参加。同样，杨松老师家里若是有好东西吃，他和师母何阿姨也邀请我和几个文友到其家聚聚，高兴时，他们还一起喝点小酒，好不快活。

后来我从乡镇回到区扶贫办任主任，大概是 2012 年夏天创办了广西第一份县级的《扶贫开发报》，杨松老师欣然担任该报顾问，从各方面给予指导和支持！报纸采取不定期出版形式，从创办到我离开扶贫办工作岗位坚持办了十多期，四开四版，全部彩印，印刷精美，图文并茂，多次得到自治区扶贫办领导好评。杨松老师既担任顾问，又亲笔为扶贫报写扶贫小故事，为报纸增色不少。

杨松老师除了指导我们办报外，他十分辛勤地笔耕，取得一个又一个创作的丰硕成果。他创作的《八路车》荣获钦州市成立三十周年征文二等奖，散文《船家人》刊登在《广西文学》上，在区内外引起强烈反响，得到很高评价。尤其是那篇发表在《钦州日报》的散文《老船》，荣获了全国报纸副刊好作品金奖！我们都分享杨松老师成功的喜悦。就在他离世前一年，杨松老师一口气写下系列情感散文《情感老屋》，篇篇都做了精心谋篇布局，独具匠心，篇篇精彩，在钦州乃至广西引起大家的关注和好评！然而十分遗憾的是杨松老师突然不幸因病离开了人世，但他的音容笑貌常常出现在我的脑海之中。老马虽逝，但老马识途，小马按您的遗愿，轮岗到文明办之后，继续创办广西县级第一张文明报纸《文明钦南》，依旧四开四版，目前已出版 7 期。小马明白，文明与文化一脉相承，钦州创建全国文明城，离不开文化支撑，文明如春风细雨润物无声。为了老马未完成的许多遗愿，小马会与文明办的小伙伴们竭力为钦州创城出力。愿天堂上的恩师杨松老师安息！

生死轮回

记得小时候读过一首叫《轮回》的诗，大意是，人原本只是茫茫广宇中的一团气，后来借助爱情的力量，赤条条地来到世上，经过几十年的风风雨雨，饱尝人间的幸福或痛苦之后，变成一团轻烟，还原成一团气。当时还小，只模模糊糊似懂非懂，却竟连诗作者的名字也忘记了。而今想来这是一首精妙绝伦的诗，妙在短短几句却底蕴无穷，淡淡然道出了人世间极其深奥的生生死死。

前些日子，在我表弟即将举办婚礼之际，突然接到我哥哥的传呼，告知二叔病重的消息。我与哥哥匆匆赶回地处十万大山环抱的一个小山村，见到脸色苍白已奄奄一息的二叔。二叔年轻时因大病瘫痪在床上已四十一个春秋，生命的火种却顽强地燃烧着。我相信二叔的生命绝不会因此而熄灭。我轻声地问二叔，哪儿不舒服呢？二叔当时神志还十分清醒，借助竹竿还可以自己打开卧室的百叶窗。二叔缓缓地答，没有哪儿不舒服。并说，向东你去休息（我知道二叔这是不想让我担忧他的病情以免影响工作）。事实上二叔已痛苦得不得不借助退热散，借药中的吗啡来麻醉自己脆弱的神经。站在二叔的病床前，看到二叔的痛苦状，我几乎想掉泪了。我强忍着，安慰二叔说，“二叔振作点，你不会有事的。你不是想从电视上看到澳门回归吗，还有十余天就要回归了。”我试图让一向关心祖国大事的二叔点燃希望的火种。为了将二叔医好，我与哥哥商量计划回钦州请一位医术高明的大夫为二叔诊治。抱着一线希望我风尘仆仆地赶回钦州，没多久，便接到哥哥从小山村打来的传呼：二叔已于太阳下山的时候离开了人世间。

当天夜里，我在悲痛中写出了一篇悼念二叔的文章《平凡的夕阳》寄托对二叔的哀思。逝者如斯。二叔是带着未竟之志遗憾地离开人世间的。他曾计划将本村几位老革命投笔从戎的故事写成概况，再由我整理成文，鼓励后人向先辈学习的。几天前，为解决村里的用水困难，热心公益事业的二叔还计划与乡亲们合资修建一座水塔，安装自来水，谁知……

十多天后，又到了一年一度我的生日。朋友们为我庆贺，在吹灭三根红烛之前，我许愿要继承二叔遗志，好好活着，努力工作，不再浪费青春年华。又过了三个月，经过一番努力拼搏，我考上了西南政法大学民商法研究生，同时荣获钦州市中级人民法院一九九九年度先进工作者称号。或许是由于本人工作成绩显著，我还被抽调到广西壮族自治区高级人民法院工作。我想，若二叔泉下有知会为我高兴的。

一位哲人曾说过，“生又何尝生，死又何曾死？”既然，人无法管住自己的生命，更无人能挡住死期，让生命永驻人间，对这去来无常的生命，我们更应该好好地爱惜它、利用它、充实它，让这无常却宝贵的生命，散发真善美的光辉，映照出生命真正的价值。

所以，生命无常，慧命永久；爱心无涯，精神常在。

第二辑　爱情石缘

爱情石缘，情比石坚，珍惜人世间一切情缘吧。那是老天爷给大自然的恩赐。石之缘将我们的心，紧紧相连。

爱情石

从孩提懂事开始，我便是相信爱情的。

虽然年幼，尚不能准确知道爱情究竟为何物，但我所读过的两则凄美动人的爱情故事，依稀在我幼小的心灵留下了无法忘怀的爱情印记……

第一个爱情故事就是那首著名长篇叙事爱情诗《孔雀东南飞》。故事所讲述的是东汉建安年间（约 196—219），善良贤惠的刘兰芝和庐江小吏焦仲卿真诚相爱并结婚。但婆婆焦母看不上刘兰芝，对其百般刁难，仲卿向母求情无效，兰芝终究被休。夫妻二人话别，表达了“誓天不相负”的愿望。兰芝被休回娘家，慕名求婚者接踵而来，先是县令替子求婚，后是太守遣丞为婚。兰芝因与仲卿有约，断然拒绝。其兄不理解妹妹的言行，恶言相向，兰芝不得已应允了太守家婚事。仲卿听说后与兰芝相会，两人约定“在天愿作比翼鸟，在地愿为连理枝”。于是在兰芝再嫁的喜庆日，刘兰芝“单身赴清池”，焦仲卿“自挂东南枝”。一对苦难夫妻，在无力抗争命运之时，双双以死来做爱情的千古绝唱。留下了那句撼人心魄的“孔雀东南飞，五里一徘徊”的佳句。故事的结尾充满浪漫主义的理想色彩：两人合葬，并在林中化作鸳鸯鸟。古代人们对爱情的渴望，略见一斑。

第二个故事，是在民间广为流传的《孟姜女哭长城》。相传秦始皇时，劳役繁重，青年男女范喜良、孟姜女新婚第三天，新郎就被迫出发修筑长城，不久因饥寒劳累而死，尸骨被埋在长城墙下。孟姜女身背寒衣，历尽艰辛，万里寻夫来到长城边，得到的却是丈夫死去的噩耗。她痛哭城下，三日三夜不止，城为之崩裂，露出范喜良尸骸，孟姜女于绝望之际投海而死。从此，山海关被后人认为是“孟姜女哭长城”之地，并在那里盖了孟姜女庙，南来北往的人们常在这儿洒下一掬同情之泪。庙中有楹联这样说："秦皇安在哉，万里长城筑怨；姜女未亡也，千秋片石铭贞。"

长大后我更有理由坚信爱情。一个偶然的机会，我有幸读到了一个帝王的爱情故事，那是李世民痛失长孙皇后的凄美故事。公元636年，李世民一向深爱着的皇后长孙氏病故了，年仅36岁。苍天啊，竟夺去如此优秀的长孙皇后年轻的生命？长孙皇后乃女子中的完人、人妻里的极品。又因为，长孙皇后温柔细致而进退适度，心思缜密而体量宏大。

虽然人言她命里有金，她认定她的尊贵取决于所嫁的男人，丈夫就是她的天，荣辱皆源于此。

李世民决定举兵反隋，长孙氏二话不说全力支持；玄武门之变紧要关头，李世民率兵设伏，长孙氏随后赶到，发挥女性温柔的感召力，"亲慰勉之"，"左右莫不感激"，群情激昂，一举成功；李世民登基后不慎生重病，长孙氏衣不解带，昼夜偎卧丈夫榻前，更惊人的举动是，她在自己腰间藏了一包毒药，暗自发誓："若有不讳，亦不独生！"

更令人感动的是，长孙氏对涉及李唐皇家和丈夫李世民的所有人，都竭尽所能给予关怀。但就是这样一个近乎完美的人，却不幸香消玉殒！贤妻离世，太宗李世民像一只突然折掉一根翅膀的大鸟，悲伤、哀痛和无边的思念，久久缠绕着这位大唐天子，茶饭不思，怠于理政。为排遣心中的忧伤，他命人在皇宫筑起一座高高的塔楼，不时登上楼顶，面朝西北方向的昭陵久久凝望……

可以说千百年来，人们对爱情的那种渴望、那种执着是亘古不变的！人们对爱情的渴望最后连石头都感动了。以拟人的手法，赋予石头灵性和深深的爱，著名歌手石头所演唱的那首《雨花石》深深地打动了众多相信爱情的善男信女！歌中唱道："我是一颗小小的石头 / 深深地埋在泥土之中 / 千年以后繁华落幕 / 我还在风雨之中为你等候 / 我还在土中为你守候 / 石对雨的爱就像蓝的海 / 虽有万千语 / 不知怎么去表白 / 我是一颗小小的石头 / 深深地埋在泥土之中 / 千年以后繁华落幕 / 我还在风雨之中为你等候（为你守候）/ 我还在雨中为你守候。"

千百年来人们对爱情的神往，感动了苍天，也感动了石头。《雨花石》就是其中一个最凄美的诠释。

冥冥之中，当时光进入公元2016年5月28日，当我和一群热爱生活、酷爱文学的艺术家们，走进正在开发的那丽镇那雾岭森林公园，对爱情的认识我更是有了一个质的飞跃！那是源于那雾岭山上一对巨大的奇石，我信心满满地称之为“爱情石”——在浓雾缭绕的那雾岭旁，在碧波荡漾的水库边，在茫茫广宇天地之间，我发现一处人间奇迹——那是一对相拥、相吻、相亲、相爱的巨石。在茫茫宇宙中，在风吹日晒千百年之后，仍保持一种忘我状态，超越生死，超越时空！雄性石俯下身段，侧着脖子用雄壮有力的双手，紧紧拥抱着他的爱人；雌性石目光坚定，虽然已经是布满皱纹的脸，却勇敢地迎脸去大胆接受雄性巨石的拥吻，那情那景，令人感动！

茫茫广宇，万古洪荒。自从盘古开天地以来，宇宙间出现了不少星球，其中生命力最强的地球上一代一代繁殖，出现了人类，有了人类便有了社会与文明，随着社会文明的进步，人类进入了一个崭新的时代。我们有幸生活在社会主义新中国，文明与富足，物质的丰富，使我们不再愁吃不再愁穿。而当我们满足了物质、财富的富有之后，有人会问，你相信海枯石烂吗？你相信缘分吗？你相信爱情吗？

我会毫不思索地加以回答：请你到广西钦州那雾岭上看一看那对相拥相吻相亲相爱了千千万万年的巨石吧，他们会轻轻告诉你：

日月会变，斗转星移；天地会变，人间沧桑；唯一不变的是爱情！作为一块有灵性有担当的雄性石，有它在就有天地在，天塌下来有它顶；有它在就有阵地在，雨洒下来有它挡；有它在就有道义在，风刮过来有它遮；有它在就有幸福在，苦难袭来有它扛。就像雄性石那样，将头颅深深埋在雌性石怀中，将有力的肩膀奋力张开，全身心投入拥吻深深爱着的雌石，管它日月变化、斗转星移，管它人间沧桑、天地洪荒……

这对爱情石给我们这样的启迪：被人爱是幸福的！幸福的人是知足的，知足的人常常拥有欢乐！欢乐的人天天开心，脸上所挂的笑容像菊花一般灿烂……

石能如此，更何况人乎？在爱情石面前，个人的一切恩恩怨怨，命运的一切伤伤悲悲，事业上的一切不如意，一切辛劳都会随那雾岭的云，那雾岭的雨烟消云散……

爱情石，正是千千万万年人世间爱情的奇迹——日月做证，星辰做证，天地做证！

如诗如梦那雾山

那雾山（即那雾岭）位于钦南区那丽集镇东北面，该山海拔 418.8 米，堪称北部湾畔第一高峰。山上苍翠挺拔，长年累月浓雾缭绕、如梦如幻、雄伟壮观、沉稳大气，是钦南区一个得天独厚的天然旅游景点。

传说，八仙中的铁拐李挑着那雾岭和冠头岭两座山赶了几天几夜的路来到了那丽这地方，因疲惫口渴就停下来歇歇脚，好酒的他拿起他心爱的酒葫芦撅了盖就往嘴里倒，可是酒葫芦的屁股翘上了天也只能倒出一两口酒，这荒郊野岭的一时又找不到酒，于是，大仙生气了，一铁拐就把冠头岭抛滚到了北海。于是，那雾山留在了钦州那丽，而冠头岭却在北海。

“那”，壮语的意思是“水田”。“雾”，顾名思义就是多“雾”。那雾山云雾，瞬息万变，大雾起兮时，能见度不足五米。“岭”即“山”。当地老百姓尊称“那雾山”是“神山”。

那雾山大致有六奇：奇山——绿脊延伸；奇水——碧波荡漾；奇石——鬼斧神工；奇茶——香飘四季；奇雾——瞬息万变；奇树——古朴参天。正可谓奇水绕着奇山，奇石遍布奇岭，奇雾如梦似幻，奇树古朴参天，奇茶香飘大自然……

眼前这块就是流水石。流水石是那雾山著名的景点之一，位于那雾山正南方，曾经拥有一泻千里的巨瀑，像一面洁白如玉的宝镜，甚至可照到北海、合浦等地。当地老百姓尊称其为流水石。

景区内怪石峥嵘，森林茂密，古木参天，鸟语花香，溪水潺潺，空气清新，凉爽宜人。那富有神话传奇色彩的叮当石，斧劈刀削的流水石，令人向往的旺夫石，喜从天降的飞来石，栩栩如生的宝鸭石，忠贞不渝的爱情石，扫描万物的人头石，赐人好运的长寿石，犹如猛龙出海的巨蟒石，等等，众多景点等您领略品味。

景区内奇峰林立，崖悬壁险，山势雄伟。从披棘斩荆的笔架山到晓晨打鸣的金鸡，岭循环迂回到埋头厮守的牛栏岭就形成了一条龙脉，连绵不断的山脊倾泻而下犹如龙背九节。牛栏岭左右两边的天池就是金龙的双眼，天池里的水相传是当年织女思念牛郎流下的蓝眼泪。

那雾山上生长着古茶树，是块洞天福地，这里满眼绿色，空气散发着醉人的清香，薄雾轻绕，成片的茶树和树木在阳光的照射下，更显青翠。那雾岭上这些新长出的古茶树群，高矮不一，这是当年知青下乡的时候就种植的古茶树，因此叫“知青茶园”。茶园总面积大概 500 亩，每年的产量 2 吨左右，由马帮驮运下山，畅销全国。

悬在空中的幸福锁桥，亦有吊脚楼的神韵。集休闲、观光庄园风貌于一体，山水相依，屋舍俨然，向往返璞归真之时可以安享自在闲适的生活环境。山上参天古木，茶树青绿成片，令人心旷神怡。山庄景致无限美妙之外，更显独具匠心的是集采茶、制茶、茶艺表演、住宿、餐饮休闲、观光等于一体的高端庄园，置身其中者自悟其趣，恍若世外桃源之感油然而生，吸引了不少游客的眼球，为它流连忘返。

这里有八方形古井两眼，清澈见底，龙头喷洒而出。那雾山清醇的泉水从龙脉脚下溜走，顺着沟谷蹦蹦跳跳地嬉戏着。顺溪流而下，那潺潺的溪水从林间汇向峡谷，冲下绝壁，义无反顾，所形成的瀑布犹如珠帘飘挂，一动一静，刚柔相济，相得益彰，如同白龙戏水，飞珠溅玉，银光闪烁；又如一匹白练从天空抛向山野，如细雨纷飞；又如化作团团白雾，升腾于悬崖绝壁之上，水激石越，声若雷鸣。置身其中，令人幻觉神奇，溪流奔腾不息，三瀑叠翠，跌宕起伏，扣人心弦，唱着欢快的自然韵律，绕过奇山怪石的脚步，在峡谷的最窄处又一次飞跃，形成小壶口瀑布，瀑布自崖顶飞泻而下，恰似从壶口喷射而出，将一壶又一壶的天然泉水送给来到那雾岭游玩的宾客。

在牛栏山远远望去是一座黄砖红瓦房子博峨山寺，拾级而上，首先进入眼帘的是庙门的对联：“博峨资净土，南海济慈航。”寺内是个四合院式的院子，东南西北各安放着多尊神仙塑像。据悉，防城、北海等外地人员，凡有祈福会都要请博峨山寺的菩萨。

站在赏月亭上，山前美景尽收眼底。远望那雾岭主峰，在蓝天白云和五彩金秋的映衬下，巍峨壮丽；周围的山头，绿色、黄色、橙色、红色，层次分明；此时的那雾山，身披彩妆，沐浴着蓝天白云，精神抖擞，威风凛凛；近看脚下的山峰，那色彩斑斓的地毯，装点着景区内各沟各岔，为景区披上了秋日盛装；那盘旋上升的旅游公路在色彩艳丽的林海中，就像一条蜿蜒的巨龙，戏水盘飞；西眺牛栏岭，披红挂绿，盛装靓颜，舞动蓝天；峻峭挺拔的笔架山，浓雾幻化成一支神笔，把那雾山描绘得像画一样美；火焰般映山红的枫树林叶子，也兴高采烈地拍着手掌，和着秋的韵律，尽情地跳着、舞着；一棵棵笔直的防海林，在蓝天下闪烁着金黄；金灿灿的山竹果，在枝头歌唱，庆祝这一年一度的秋日胜景。秋日里那洁白的云雾，沿着五颜六色的沟谷徐徐上升，汇集成虚无缥缈、波澜壮阔的云雾大世界，恍如天宫仙境，世外桃源……

每当雨过天晴，站在顶峰俯瞰，只见万顷云雾转眼汇成一片汪洋大海。云海茫茫，波涛起伏，大小山峰出没在雾海之上，就像大海中的小岛或礁石，给人一种“山在脚下，我立云端”的感觉，仿佛进入仙境一般。

（本文与梁文生合作）

盘点那雾山奇石奇景（之一）

（一）神仙居

神仙居，那雾山著名景点之一。鬼斧神工，巧夺天工，由多块奇石堆积而成。山泉穿石而过，冬暖夏凉，教人心旷神怡，连神仙也流连忘返，故称神仙居。

（二）三级石

三级石，那雾山著名景点之一。相传此石神奇无比，有求必应。人们途经此石，大都会连升三级，故称三级石。

（三）听禅石

那雾山著名景点之一。相传唐僧西天取经回到大唐后，为使真经传遍各地，普度众生，便派遣众僧到各地去传经。一位高僧领命后，云游至此，觉得山清水秀、人杰地灵，便开坛传经，得道成佛，化身为此石，佑一方百姓平安。

（四）李逵石

那雾山著名景点之一。远古时代，那雾山下妖魔残害百姓无数，玉帝震怒，令一名手持大斧的天将到那雾山降魔除妖。天将与众妖魔在山上大战了三天三夜，所战之处地动山摇、石破天惊，终将所有妖魔除掉。为镇妖除魔，天将转身投胎到凡间，于是便有了两把酷似大斧的巨石，人称李逵石。

（五）吉象迎宾

那雾山著名景点之一。那雾山上有一颗酷似大象的巨石，大象有良好的吉祥太平之寓意，石象象征那雾山的热情与欢腾，表达对远方客人的欢迎和祝福。当地百姓称之为迎宾石（大象石）。

（六）母爱石

那雾山著名景点之一。像一个伟大母亲，一双宽阔而有力的双手，在儿子迷失的时候牵着他走出彷徨与无助。那是一个温暖而真实的怀抱，在儿子遭受挫折的时候为其阻挡风雨。那是一个美丽而丰满的乳房，将年幼的儿子哺育成人。母爱石，成为那雾山一道亮丽的风景。

（七）海豚石

那雾山著名景点之一。相传在很早以前，那雾山一带曾是一片茫茫大海，遨游着一群欢乐海豚。在一次大的地壳变动中，这一带从海中崛起成为高山，成群海豚随着海水游向如今的北部湾。唯有这只海豚对此地留恋不舍，心甘情愿留下守护一方水土，日久天长，就变成了海豚石。

（八）开心石

那雾山著名景点之一。相传织女上天时，牛郎在后紧追不舍，眼看要追上，玉帝派雷公阻止，一时电闪雷鸣将石头劈两半。牛郎无奈，只能停止脚步。当地人们为纪念此事，将石头称为“开心石”。仔细注视的确如一颗桃状的心一心为二，正所谓：牛郎织女情，开心石上留。

盘点那雾山奇石奇景（之二）

一号爱情石

那雾山著名的景点之一。位于那雾山山上。两块相拥相亲相爱的巨石，经历千年万年，超越生死，成为永恒，此情此景，令人动容。爱情石，印证了人世间忠贞不渝的爱情，可谓海枯石烂，而爱情不变，坚如磐石。

二号人头石

那雾山著名景点之一。位于那雾山半山腰，一个巨大的头颅，刻满人世间的沧桑，虽然经历千年的风风雨雨，却依然昂着高贵的头颅。人头石，可谓那雾山一大奇葩。

三号流水石

那雾山著名的景点之一。位于那雾山正南方，曾经拥有一泻千里的巨瀑，像一面洁白如玉的宝镜，甚至可照到北海、合浦等地。当地老百姓尊称其为流水石。

四号椅子石

那雾山著名的景点之一。形状像把椅子，更令人啧啧称奇的是，传说中有一个仙人下凡察看人间，累了便在椅子上小憩一会儿，不想却留下一个深深的屁股印，经历千百万年仍清晰可见。

五号宝鸭石

那雾山著名的景点之一。传说中一对宝鸭在池中悠然游玩，嬉戏，竟然忘了返回天庭，后来就变成了现在这个形状独特的宝鸭石。

六号叮当石

那雾山的著名景点之一。形状似一对叮当，喜欢热闹的人们，每逢登上那雾山，总要敲上一两下。这样随着玩耍的人多了，敲打叮当石的人也多了。每天巨石发出的叮当声响个不停，终于雷公被吵得有点生气了，一个霹雳下来，把叮当上面的石打成了两半。不过好在雷公手下留情，不再打第二下，不然，今天的叮当可能就会灰飞烟灭啦。

七号望夫石

那雾山著名景点之一。与爱情石遥相呼应。传说中，一位痴情的女子因长年累月等待外出的夫君，由于风来雨去，遥遥无期，竟站成了一块眺望远方的巨石，当地百姓称其为望夫石。

八号飞来石

那雾山著名景点之一。传说中飞来石，不知是哪个神仙不小心将石从天上掉下来的，由于借助神力，竟在天上飞来飞去，后来由于有缘，也因为那雾山风景秀丽，飞来石便飞到那雾山扎根下来。当地群众尊称其为飞来石。

九号磨谷石

那雾山著名景点之一。形状极像一个磨谷机，传说由一个仙人所变，每当当地百姓农忙忙不过来，收割回来的谷子太多，仙人便变成磨谷机帮百姓磨谷，久而久之变成一块巨石，老百姓充满感激称其为磨谷石。

十号长寿石

那雾山著名景点之一。酷似一个老寿星，长着一副慈和的笑脸，尤其是旁边的青草，爬到寿星的脸上，俨然寿星的胡子，惟妙惟肖，当地老百姓尊称其为长寿石。

十一号巨蟒石

那雾山著名景点之一。似一条横空出世的巨蟒从天空中呼啸而下，巨大的蟒蛇头定格在原始森林的深山之中，威武给力。

十二号伞下石

那雾山著名景点之一。茂密的森林张成一把巨大的天然绿色雨伞，伞下的巨石，悠然自得地享受天伦之乐。伞下石体现了大自然的和谐之美。

十三号和谐号（石）

那雾山著名景点之一。一块巨大长硕的石头。石头如老母亲慈祥的笑脸，石身则像极和谐号动车车厢，构成一幅难得的和谐号景观，老百姓称之为和谐号（石）。

十四号石龟石

那雾山著名景点之一。形状像一个伏在地上的千年石龟，形状灵动可爱，群众称之为石龟石。

十五号膝下石

那雾山著名景点之一。都说男儿膝下有黄金，一个男人长跪在那雾山，向这神奇的母亲山跪拜，此情此景，令人感动。当地老百姓称之为膝下石。

知青茶园（陆春霞）

这几天风里总透着一股凉意，钦州今年的秋来得比往年早。这样的天气，似乎比较适合总有陶渊明那般诗意的人，温一壶菊花，吟“采菊东篱下，悠然见南山”。我自知没有这个才能，却也想在凉风习习的日子里，捧着一本书，品上一杯那雾茶。可惜采风那天来去匆匆，忘了带一点回来，如今，只有《诸子百家》没有茶，只好细细回味了，待到有机会，必定去茶园，享受叹茶品书的时光。

我本不爱喝茶，可能缘于初次喝茶是喝到不好喝的茶，又涩又没有香味，也不能解渴，这便是最初对茶的记忆。对于茶文化，听得最多的是茶道，却是日本的茶道，所以总觉得这个茶文化离得很遥远。后来随着知识面的拓展，知道其实茶道源于中国，最先以药的形式出现，并且分为红茶、绿茶、黑茶、乌龙茶、白茶、黄茶这 6 大茶系。还有着中华民族的深刻含义：茶道最本质的含义是儒释道，即儒家思想，道家精神，佛家理念；茶还有三道：清真净，清则无杂，真则坦诚，净则干净；喝茶的人还应该培养自己的茶德：理敬清融，理则人要有理气，敬则敬人，清则为人为官者要清廉，融则和气团结；而茶的本身其实具有自己的品德，称茶八德：康乐甘香和清敬美。这些便是中华民族的茶道精神，不得不为自己是一个中华民族的子孙而感到骄傲。古人真是有大智慧，连喝茶都有着这么博大精深的文化。自那以后，我对茶产生了兴趣，希望从优秀的茶文化里能学到一点点中华文化的精髓，也希望像古人那样能做个有德之人。

那雾山的茶园给了我亲近去认识和了解的机会，那天刚好是教师节，风雨雷电交加。在这个特别的日子去采风，在人生里也算是别有意义了。冒着雨一路采风的我们到了农庄衣服都湿了，当地的向导林站长给我们泡了一壶那雾茶，我又冷又有点渴，看到茶，像见到水一样就想一股脑儿灌下去了，才吞进去后，发现茶的香味慢慢从嘴里散开来，但是我觉得我似乎还错过了什么。第二口，我以品的形式喝，刚开始喝在嘴里是有点涩涩的味道，后来慢慢变得甘甜，香味也慢慢散开，喝下去之后，感觉自己身体都变得有精神一点了，而香味还留在嘴里。雨，停了，雾一瞬间就包围了整座大山，原来这就是那雾山中的雾，不是亲眼所见，真的难以相信，不得不惊叹大自然的神奇。

雾的笼罩，为茶园增加了神秘感，似乎戴上了一层面纱，让人看不清，却越想看清。于是我们找那雾山森林公园开发项目的总经理韦隆坚韦总给我们介绍，揭开茶园的神秘面纱。韦总说，这是当年知青下乡的时候就种植的老茶树，因此叫“知青茶园”。茶园总面积大概50亩，每年的产量2吨左右。种植茶的四大关键条件，这里全部具备，海拔要在350米以上，而那雾山的海拔418米，种植的土为花岗岩土，云雾缭绕为茶的生长提供天然的条件，天然的山泉水，只有用那雾山的水，才能泡得出好茶，因此那雾茶绝对是独一无二的。这些茶树都已年过半百，茶树越老，它的茶多酚就越多，而茶多酚的作用，在这信息发达的时代，大家百度便可得到答案。茶的制作过程是全人工炒茶，早上摘下来，晾干雾水，再进行杀青（人工炒，把茶炒软，炒掉青味），然后置晾，再用适当的火候炒到可以为止。知青茶园在韦总的规划下，会发展得越来越好，还会开一个茶庄，让喜欢品茶的人可以来品最天然的那雾茶，或者来这里享受难得的宁静。没有空来山庄的朋友们也不用遗憾，茶的商标已经在制作，往后将在山庄进行实体和网上销售，为没有时间的朋友们提供便利。

我想，在这片茶园里，一定发生过一些不寻常的故事。突然从城市下放到乡下，可以想象当时知青们的不满和无奈，能做的只有把眼前的事情做好了。好奇地想知道茶是不是也有灵性，也能体会到种植之人的喜怒哀乐，所以茶初喝下去的时候会略带苦涩，而后来，随着对生活的适应，他们慢慢地学会了苦中作乐，所以喝下去后，茶变得甘甜醇香。有人的地方，总会有美丽的爱情故事，我走在那排列整齐的茶树里，轻抚着带雨滴的叶子，偶尔摘下一颗茶籽来把玩，自得其乐，沉浸其中。在50多年前的今天，会不会也有一个像我这样喜欢雨天出来玩的女子，但是她却有一场美丽的邂逅，可能她正好蹲了下来，找可爱的小虫子玩，刚好，下一列的茶树有人走过来，碰到了她蹲下来的那棵茶树，叶子的水都滴到了她身上，她站了起来，于是两个人的目光就定格在了那一瞬间……那时候的爱情就只是那么简单，只是一瞬间的对视，便注定了一辈子的陪伴，多简单美好的爱情啊！每次散步最感动和羡慕的是看到两个白发苍苍的老人，相互牵着手一起走，看日出日落，世间最美好的爱情不就是像这样执子之手，与子偕老吗。

不知道60年代曾经到过那丽当知青的人们，有没有回过这片茶园，还记不记得这片茶园曾经发生过的所有关于甜与苦的经历，现在是否想回来看看哪些还是曾经的模样。如果回来，真希望有机会和他们坐在一起，听听他们当年的故事，想象着这知青茶园未来又会发生怎样动人的故事……

缘

五年前的夏天，我与一位挚友结伴游黄山。在巍峨挺拔且险峻的天都峰上，百分之九十九的游客都是从后山搭缆车至后山顶，再爬上来慢慢从前山下去。我与那位兄弟因没有导游图，又急于匆匆上山，所以不择路线硬从前山上去了，待发现前山下来是那样轻松自如时后悔莫及。正在此时，突然发现前山还走着一对年轻的情侣，男的英俊潇洒，女的美若天仙，在我们前面艰难地走着。或许是由于受他俩的感染与鼓舞，我与同伴暗中与他俩展开了比赛，终于爬到了山顶。

三天后在南京火车站，在人丛中又遇上了那对情侣，显然地，他俩也认出了我，于是打招呼之后，我们便聊起来，年轻的小伙儿姓杨，来自浙江温州，那位美丽秀气的女孩儿是他的女友。那天在黄山，起初杨生的女友提出不登天都峰，后经不住杨生的劝说，或许是爱情的力量起作用，杨生与其女友展开了登山比赛，后来我们就遇到了他俩展开的比赛。杨生风趣地说，他与女友有点害怕我们，因为我与同伴的头发都很长，谁想到一位是法官一位是医生，一个是医人一个是医病的呢。说得我们都大笑起来。之后我们互相留下通信地址，依依不舍地道别。返钦州后，我把那段经历写成一篇散文，寄了一份给杨生，杨生回信说我写得那么动人，会不会把人们都哄上天都峰去呢？哦，是缘，使我们相识，又把我们的心牵引在一起。虽然至今我们尚未有机会到浙江温州，也不知杨生与其女友是否结成佳偶，但我在远方常常思念他们，祝福他们。

我相信缘，常常感到上苍在冥冥中会将众生用缘分牵挂在一起。

我相信缘，而且还相信随缘而安，福在心中。

那雾山四奇

奇山：绿脊延绵

奇水：碧波荡漾

奇石：鬼斧神工

奇茶：香飘四季

奇水绕着奇山，奇石遍布奇岭，奇茶飘香着整个大自然……

奇 山

那雾岭海拔 418.8 米，苍翠挺拔，长年累月浓雾缭绕、如梦如幻、雄伟壮观、沉稳大气，堪称“北部湾畔第一峰”。由“大小香炉岭”“大小茅岭”组成的山岭，更有博峨山寺以及清泉游泳池，使人听到潺潺水流响，不见水处，故称奇山。

奇 水

700 亩天然而成的那雾塘水库位于那雾岭南面，与远处的大风江交相辉映。清澈如洗的清泉在炎热的夏天如喝上一口便透心凉，故称奇水。

奇 石

整个那雾岭有着许多大大小小、星罗密布的奇石，如爱情石（笔者起名），那是一对相拥、相吻、相亲、相爱的巨石。在茫茫宇宙中，在风吹日晒千百年之后，仍保持一种忘我姿态，超越生死，超越时空，雄性石俯下身段，侧着脖子用雄壮有力的双手，紧紧拥抱着他的爱人。雌性石目光坚定，虽然已是布满皱纹的脸，却勇敢迎面去接受雄性巨石的拥吻，那情那景，令人感动。宝鸭石、飞来石、望夫石、石鼓石、磨谷石、椅子石，千姿百态，超越时空，超越生死成为独特风景，故称奇石。

奇　茶

云遮雾挡，高山上的茶堪称一绝。如果是在清明前能喝上一口用那雾岭山泉泡制的春茶，肯定会美美地陶醉上一天。特有的天然茶，因味美，又因原生态而珍贵，故称奇茶。

那雾岭四奇吸引游人无数，仅近年来，自发登山游览者多达3万余人。随着那雾岭森林公园的开发，展现在广大市民面前的又将是一道亮丽的绿色风景。

（此文获2016年《广西日报》钦州记者站与钦州市委宣传部联合举办的微信比赛优秀美文奖）

那雾山探奇

对一个十分热爱旅游的文学爱好者来说，选择一个晴朗的周末，登高望远是一件十分惬意的事情。经过与友人商量，我们把目标定在即将开发的那雾岭森林公园。因为许久以前便听到不少关于那雾岭的故事，心里一直萌动登那雾岭探奇的冲动。

五月某一个风和日丽的日子，我们开始登那雾岭。这是一个神奇的地方，有人称这是钦南区的“靠山”。虽然只有 400 多米，但因为海拔起点高，显得格外雄伟壮观，俨然一个美男子，用现在的时髦语言来说：简直帅呆了。其实那雾岭有四奇，即奇山、奇水、奇石和奇茶，印证了那句“山不在高，有仙则名；水不在深，有龙则灵”。如果是在清明时节，真正喝到那雾岭的春茶，那个爽的确是难以言喻。虽然我对茶文化了解不多，对品茶也没有更多的研究，但是第一次喝到那雾岭春茶的那种清爽沁人心脾的感觉是那样令人如痴如醉，久久不能忘怀。

由于得到开发此山的韦总大力支持，我们从山脚下分批坐车上山，不多一会便到了半山腰。极目远眺，山脚下的那雾塘水库显得楚楚动人，更远处的大风江仿佛一条碧罗带。在阳光的映衬下让人身处其中，如梦如幻。正在此时，同行的摄影家立即发出一声惊叹声“哇塞”。原来她发现了一个绝世奇景——一对相亲相爱拥抱着的巨石！于是她快速地按下了快门……将这一刻定格为永恒，眼前你所看到的这对相亲相爱的石，在茫茫宇宙中，在风吹日晒千百年之后，仍保持一种忘我状态，超越生死，超越时空，那种执着，坚韧，那种相守相望相拥。石能如此，何况人乎？想到这里以往一切伤悲，一切个人恩怨，一切辛劳都随之烟消云散。

无独有偶，刚才在山脚下，我们同样发现了两棵紧紧依偎在一起的情侣树，虽然树龄不大，但非常恩爱。

哲人曾说，生活不是缺少美，而是缺少发现美的眼睛！当然人的审美视觉也往往不同，有的人喜欢高大上，喜欢阳春白雪，也有人喜欢下里巴人，正所谓萝卜青菜各有所爱。但不管怎样，亲爱的朋友，当你看完以上文字，聆听了我的介绍，您乐意亲自登上那雾岭去一睹那相亲相爱的巨石吗？

第三辑　文海泛舟

文海泛舟。文学之海永远是波澜壮阔的，长江后浪推前浪。这里，只算是一朵朵小小的浪花，或许会卷起天涯潮呢。

蒋开儒：无悔之爱

蒋开儒简介：蒋开儒，男，1935年9月生，广西桂林人。主要作品有《喊一声北大荒》《春天的故事》《走进新时代》(均为作词)。作品先后荣获“五个一工程”奖、文华奖、解放军文艺奖、中国广播文艺奖、电视文艺星光奖。

2015年8月，广西举行美丽南方创作会，笔者借机采访了蒋开儒老师和他的夫人杜祥珍。这是一对年迈却依然充满神采的老人。蒋老师和夫人的情感故事充满了传奇，近日，笔者再次走近这对伉俪，得知了他们背后鲜为人知的传奇故事……

谈起和夫人杜祥珍相识、相知、相恋，年过八旬的蒋开儒老师依然满脸陶醉。在这种幸福的陶醉中，在蒋老师娓娓的叙述中，笔者品味到了他们几十年来越酿越香醇的爱情美酒。

故事追溯到20世纪60年代，蒋老师说，那是一个以阶级斗争为纲的年代。因为地主的成分，他被流放到北大荒。他以为北大荒是没有春天的，因为位于黑龙江省东北部穆棱县，年平均气温只有3.3度，最低气温零下44度，恶劣的自然气候与生存环境，让他看不到春天。然而幸运的是在那段非常时期，一位千里迢迢从江南来的陌生姑娘，带给了他春天般美好的爱情。

蒋开儒谈过多次恋爱，每次都是谈得顺利，但最后都结不成婚。因为成分不好，成分是不能更改的，地主成分，地主的孩子当然也是地主；因为那是个“龙生龙，凤生凤，老鼠生的儿子会打洞”的年代。后来，也就是1966年7月，一个作家朋友给他介绍了一个远在湖北秭归县的文友，并把她的作品和照片寄了过去。可能是习惯了自己的成分问题，蒋开儒更多地把她当作一位纯粹的文友。

朋友介绍的姑娘叫杜祥珍，是个文静、有学识的年轻教师，别看她不过25岁，却在当地因其出类拔萃的教学特色和经验而小有名气，并成为学校和当地教育界的培养尖子。这个时候的她相当清高，有多少亲戚朋友给他介绍对象，姑娘只是笑笑，摇摇头。在姑娘心里只想着怎么带好一个班，只想业余时间再搞点小创作，她对文学也有着自己的梦想。所以，无论什么人她一概不见、不谈。

当朋友从北大荒寄来了蒋开儒发表的文章和照片的时候，高傲的姑娘只是看了看，并不心动。一年过去了，当又一年来临的时候，有关蒋开儒的消息再一次从朋友那里传来，他又有了新作品，他的文章又在杂志上发表了……这引起了姑娘的注意，她开始认真地看他的作品，也对他一封封的来信投入了专注的目光。他们开始互通信件，交流创作经验，最后架不住朋友的怂恿，姑娘终于决定了。她找单位领导开了一张介绍信，然后，买了火车票，千里迢迢直奔穆棱而来。

蒋开儒也兴冲冲地赶到牡丹江火车站接车。没想到姑娘一下车，第一句话就问：“你是什么成分？”

蒋开儒说：“地主。”

姑娘小声地哆着嗓音，说了一个字：“滚。”

蒋开儒认真地说：“我真是地主成分。”

姑娘看了看他，欲言又止。

来之前，她不是没有考虑这个问题，而是觉得这根本不是问题。临走的时候，领导还找她谈话，问对方是什么成分、社会关系怎么样。她还胸有成竹地说：“这我倒没问，不过肯定没问题，他从小当兵，在部队多次立功，又是搞创作的，成分有问题，能当兵吗？成分有问题，他的作品能歌颂党、歌颂祖国吗？”她甚至还想，他的社会关系一定清白如纸，正因为这样，这么长时间，姑娘始终没有打听过对方的成分，而蒋开儒也从不主动说。没想到，他居然真是……他为什么不早说呢？朋友也真是的，居然对我守口如瓶，这不是在骗我吗？

姑娘的心乱了，她不想马上跟着眼前的小伙子走，她要好好想一想。晚上，她在牡丹江火车站附近的旅馆住了一夜。这一夜，她想了很多很多。当夜来了又去，街边的路灯亮了又关的时候，姑娘也拿定了主意。一大早，她来到他面前说："走吧，我跟你回穆棱。"她接受了他和他朋友的"蒙骗"。

31岁的蒋开儒终于结婚了。他们的婚礼花了5块钱，买了一些水果糖，朋友们分别送来两枚毛主席像章和两本毛主席语录。他们便喜气洋洋地吃着喜糖，唱着《北京有个金太阳》进入了洞房。

婚后的杜祥珍留在当地的一个学校任教，而蒋开儒则照常到文化馆上班，夫妻过着相敬如宾的日子。说到婚后记忆比较深刻的事情，两位老人都笑了笑，杜祥珍师母说，因为地主成分，当时婆婆经常被拉出去批斗，记得有一次在批斗会上，一个五岁的小女孩儿问她："阿姨，那个高个儿你认识吗？"杜祥珍一看，她指着婆婆，就说，认识啊。小女孩儿接着就又问："你什么成分？"杜祥珍说："我是贫农啊。"小女孩儿说："那你是怎么跑到他们家去了呢？"杜祥珍说，当时问得我呀，这个话是戳了一管子，揪心啊！我真是有点儿无言以对。当时我就跟小女孩儿说，我喜欢他们啊。她说，你喜欢啊。我说，对呀，我喜欢他们。边说着边泪水涟涟的。

也许正是因为这种喜欢，让杜祥珍在婚后的日子里给了蒋开儒事业上莫大的支持和理解。

1976年10月，一声惊雷，砸烂了束缚在亿万人民身上的枷锁，蒋开儒也重新获得了"解放"。1979年，蒋开儒意外地获准赴香港探亲。很多人都认为蒋开儒可能是一去不复返了，在这个时候夫人杜祥珍给了蒋开儒最大的信任，她相信蒋开儒一定会回来的，因为他的心在北大荒，爱在北大荒。果然，蒋开儒不但没有留在香港，而且提前回来了，回到了磨炼他意志，给他豪情，给他勇气，给他智慧的北大荒。1992年，邓小平同志南方谈话发表后，大地春潮涌动。远在东北的黑龙江穆棱小县城，也沐浴到一片明媚春光。57岁的蒋开儒刚刚退居二线，他想到那个小平同志画了一个圈的地方看一看，究竟发生了什么变化。此时的杜祥珍已经50岁了，她没有反对丈夫的决定，而是默默地为丈夫准备了南下的路费。1992年5月，怀揣着老伴给的2000元，蒋开儒来到了深圳。1992年的冬天，是蒋开儒一生中最暖意融融的冬天。不独因为他来到了深圳这个没有冬天的特区城市，更因为全国人民在小平同志南方谈话思想的指引下，掀起了改革开放的新高潮。这是一个国家的春天，一个民族的春天，一个十二亿人所共同享有的春天。蒋开儒从心中对个人命运的感悟，升华到中华民族一个新时代的到来。心潮在他心中翻滚，激情在他笔下宣泄：春风吹绿了长城内外 / 春雨滋润了华夏故园 / 啊 / 中国 / 中国 / 你展开了一幅百年的新画卷 / 捧出万紫千红的春天……

1993 年 1 月 7 日，《深圳特区报》发表了《春天的故事》。蒋开儒手捧着报纸，两行热泪滚到腮边。1994 年，《春天的故事》迅速唱红大江南北。也就是这时，杜祥珍从穆棱县搬到了深圳，开始了他们新的生活。也许是习惯了做丈夫背后默默无闻的支持者，对于丈夫事业上的一路走红，杜祥珍没有表现出太大的惊喜，就连蒋开儒的作品连连获奖时，杜祥珍也表现平淡。她觉得，只要丈夫能做他自己喜欢做的事，高兴就好。这个时候她最多的是给丈夫提一些意见或建议。蒋开儒老师说，老伴总是他的第一读者，而且每读他的作品，都能提出一些很好的修改意见。比如，在创作《走进新时代》的时候，杜祥珍一字一句地为歌词抠字眼，歌词中“继往开来的领路人”这句，本来是“继往开来的领导人”，杜祥珍一看，总觉得别扭，后来说能不能把这个“领导人”改成“领路人”，蒋开儒一改，果然感觉好多了。还有一句“领导我们走进新时代”，杜祥珍说，还是改为“带领我们”好一些吧。蒋开儒说，老伴的修改意见，真是一字千金啊。

对蒋开儒工作上的忙碌，杜祥珍一如既往地支持，从无怨言。杜祥珍说，既然当初选择了他，就选择了他的人生，选择了他的一切，自己从不后悔。为了创作，蒋开儒时常日夜忘我地工作，而杜祥珍总是往书房里递上一杯清茶，夜深了送上一碗热腾腾的夜宵。今年以来，为创作蒋开儒多次到广西采风，而这时刚好碰上杜师母病了，但为了创作，蒋老师顾不上老伴的病，只身飞赶南宁，终于按时完成自治区党委交给他的创作任务。蒋老师说，正是因为老伴这种无悔的爱，以及多年来的支持和理解，才成就了他今天的事业。他的成功，有老伴的一半。

如今的蒋开儒和杜祥珍都已经退休在家，3 个儿子也都参加了工作，老大在北京，是意大利企业中国点代表，老二在深圳世华房地产公司任商贸总监，老三在上海万科。退休后的蒋开儒依然没有停止创作，他说他的快乐在追求中。赋闲的日子，蒋开儒和老伴养花种草，踏着晨曦健跑，迎着夕阳漫步，40 年相濡以沫的日子丝毫没有磨灭他们彼此的和谐与快乐。蒋开儒说，他们的儿子总是说，妈妈，你好眼力，相中了爸爸就是相中一匹股市黑马。其实谁也无法知道未来是什么，但是在他们心里，冬天始终是遥远的，而春天却离他们很近很近。我们也祝福蒋老师的爱情永远如春天般芬芳绚烂。

背后的感动

阳光明媚，春风送暖。党的十七大胜利召开，标志着我国的社会主义事业又迈向了新里程。由中共钦州市委、市人民政府，钦南区委、区人民政府联合打造的献礼党的十七大的歌曲《中国梦》和中共钦州市委、市人民政府、广西北部湾规划建设委员会、钦南区委、区人民政府联合打造《北部湾》等歌曲，在党的十七大召开期间，在中央电视台、广西电视台等媒体滚动播出后，在全国引起强烈的反响。北部湾、钦州、钦南又一次成为人们关注的焦点。

“中国人，爱做梦；千年美梦，一脉相通……”“北部湾，北部湾涌动着激情，涌动着希望”“激情拥抱理性，时尚嫁给经典，我快乐的海家园”，每每听到这熟悉而悦耳的歌词和这充满激昂、充满理性、充满韵味的旋律，骄傲和自豪早已填满心头。因工作关系，我有幸参与并见证了《中国梦》《北部湾》《快乐海家园》这三首歌曲的创作、制作活动和诞生过程，回想起来真是激情澎湃，感慨万千。

2007 年 5 月 27 日，应市委、市政府，钦南区委、区政府的邀请，《春天的故事》《走进新时代》的著名词作家蒋开儒老师第一次踏上了钦州这片热土。蒋老师来钦州的主要目的是应中共钦南区委、区人民政府的邀请，来作“春天的故事荡漾北部湾——中国著名词作家蒋开儒先生报告会”的演讲活动，遵照区委庞卞书记的指示，区委办负责蒋老师的接待工作。为做好接待工作，我们制订了详细的接待方案，协调有关部门做好演讲和采风活动的接待工作。在蒋老师到钦州的第二天，经过区委庞卞书记的介绍，蒋老师认识了自治区党委常委、市委黄书记。黄书记与蒋老师两人都有一种相见恨晚的感觉。蒋老师和市委黄书记、钦南区委庞书记一起畅谈了钦州和钦南区的发展，并为宣传钦州、钦南在构建和谐社会中取得的成果、向全国推介北部湾旖旎的滨海风光而创作歌曲《快乐海家园》提出了殷切的期望。之后的几天里，我一直陪同蒋老师参观了三娘湾、八寨沟、刘冯故居、坭兴陶艺以及钦州、钦南区工业化、城镇化项目建设。所到之处，蒋老师都赞叹不已。蒋老师被钦州秀丽的滨海风光而吸引，被钦州深厚的文化底蕴而感染，被钦州人民的热情而感动，被钦州领导干部主动融入北部湾开放开发的豪情壮志而激励。

6月28日，蒋老师第二次来到钦州。他这次来钦州，是应市委、市政府，钦南区委、区政府的邀请来进行歌词创作的。我们细心周到体贴的接待工作让蒋老师很感动。他说，来到钦州就有了回家的感觉，有了创作的冲动，仿佛找到了1992年小平同志南方谈话之后的感觉。在接下来的一个多月里，蒋老师的创作可谓一发不可收拾，他连续为我们创作出了《快乐海家园》《中国梦》《北部湾》《梦园广场》《满天飞白鹭》等多首歌曲。其间，著名曲作家臧云飞、肖白也应邀到钦州为《快乐海家园》《中国梦》《北部湾》这三首歌谱曲。

当时，蒋老师在创作《北部湾》的歌词时，有些词语用得不是很贴切，为此市委、市政府，钦南区委、区政府专门举行了歌词赏析会和歌词修改讨论会，歌词经过蒋老师和专业人士七八次的精心修改后才最终定稿。

为确保歌曲制作后所有权的合法性，从7月底起，我就开始起草作词、作曲、演唱《授权书》和音乐电视（MTV）的《协议书》。由于歌曲创作、制作工作对我们来说是一个全新的事物，制作过程涉及许多细节问题，需要我们在协议书上反映注明。我运用我曾在法院工作时学到的知识，通过走访咨询了有关的专家，查阅了大量的资料，制定出了比较缜密的《音乐作品制作协议书》，协议书对双方的权利和义务都作了翔实的规定。

8月20日至26日，我随同自治区党委常委、市委黄书记、区委庞书记等领导一起前往北京，进行《中国梦》《北部湾》《快乐海家园》录音制作工作。在北京期间，我负责录音活动的联络接待工作，从机票预订、酒店联系、录音人员的联络、协议签订、接待活动的筹划、工作人员的起居安排等许多工作都需要亲力亲为。由于人生地不熟，工作压力就更大了。在北京录音的几天里，我们根本无暇顾及北京繁华的都市景象，每天的行程都是宾馆到录音棚“两点一线”。录音工作通常是通宵达旦的，自治区党委常委、市委黄书记，钦南区委庞书记等领导为确保歌曲录音工作的顺利进行，也是不辞劳苦守候在录音棚内。由于工作辛苦，休息不好，包括我在内的好几位工作人员都感冒了。钦州人奉献敬业的精神，感动了肖白老师，他更投入了，经过连续五个晚上的奋战，第六天凌晨，肖白老师把CD碟交给了庞书记。

由于歌曲要在党的十七大召开前完成MTV的制作，所以歌曲录音完成后，我们紧锣密鼓地筹备MTV的拍摄工作。区委庞书记亲自主持了工作会议，研究部署MTV拍摄相关工作。为确保拍摄工作顺利进行，我参与了总体方案制订工作，并担任联络接待组组长，负责与拍摄组人员的联络和后勤接待工作。由于这是钦南区第一次实施拍摄歌曲MTV，不仅时间紧迫，而且没有经验，有些准备工作做得还不够充分。9月11日晚上9点，歌曲《北部湾》的曲作者，也是这次摄制活动的导演臧云飞老师从北京飞往南宁，我负责到南宁机场迎接，回到钦州已经是凌晨3点，还没来得及合眼，第二天一大早就陪同臧老师进行踩点选景，并布置好有关接待工作。12日晚上9点，著名歌唱家阎维文等拍摄组的其他人员从北京飞往南宁，还是我负责到南宁机场迎接。由于拍摄器材办理的是托运，时间耽误了不少，回到钦州已经是凌晨4点多了。说真的那时真的好累，两个晚上没合眼了，整个人都瘦了一圈。但是我知道接待工作一点都不能马虎，住宿安排、车辆调配、后勤保障很多的工作都要做到周详，因为摄制组有阎维文、臧云飞等著名艺术家，接待工作好坏直接关系到拍摄工作是否能顺利进行，关系到钦州市、钦南区的形象。正是这种信念给予了我源源不断的工作动力。

摄制工作在第二天即13日早上7:30首先在梦园广场正式开拍。这一天自治区党委常委、市委黄书记、钦南区委庞书记等领导在百忙之中亲临现场指导拍摄工作，给全体工作人员极大的鼓舞。

9月15日，《北部湾》MTV摄制工作刚顺利完成，9月17日，《中国梦》MTV又要开始拍摄，有了《北部湾》MTV拍摄的经验，《中国梦》拍摄组织活动有条不紊地进行。至此，在不到十天的时间里，我们顺利完成了《北部湾》《中国梦》MTV的拍摄工作。钦南区人民再一次向世人彰显了锐意进取的精神。

9月18日，是我难忘和经受考验的一天，那天早上我接到姐姐从防城打来的电话，说我母亲病危要我火速赶回。一边是责任重大的拍摄工作，一边是病危的母亲，我徘徊着犹豫着。自古忠孝难两全啊！我咬紧牙关毅然地坚守在工作岗位上，等到当天的拍摄结束后，我才匆忙赶往防城守候在母亲的病床旁。在医院门口，当我接到区委庞书记发来的短信："照顾好老人家。"坚强的我禁不住掉泪了。

在7月底至11月初，尤其是拍摄MTV期间，我主持区委办全面工作，由于拍摄活动联络接待工作千条万绪，一忙起来就是一整天，白天基本抽不出时间处理办公室的文件，办公室很多的文件只能到晚上加班批阅，忙得像散了架似的，真的很累。但想到这几首歌顺利完成，心里充满了满足感，的确这几首歌蕴含了我们太多的感情。

从7月到9月，这短短几个月的时间里，我们就完成了《中国梦》《北部湾》《快乐海家园》这三首脍炙人口的歌曲创作和制作，并且歌曲在群众中广为传唱，很好地弘扬了时代精神。这样的速度、这样的效果，不得不让人折服，这也向人们昭示了一个道理——感动钦州。

我们为钦州人民的热情而感动。正是因为钦州、钦南人民的热情好客让蒋开儒、臧云飞、肖白等一大批著名艺术家眷顾着钦州这片热土，以艺术形式倾情，为北部湾、钦州、钦南的经济社会发展呐喊助威，让更多的人关注北部湾，关注钦州，关注钦南的发展。

我们为钦州领导干部的魄力而感动。市委、市政府，区委、区政府领导审时度势、高瞻远瞩、着力构建文化钦州、文化钦南、提高城市的软实力。在资金困难的情况下，敢想敢干，克服重重困难，多方面筹措资金，高要求、高质量，精心打造和推介《中国梦》《北部湾》《快乐海家园》这三首歌曲。

我们为钦州人民创业的壮志而感动。全市人民群情振奋，以昂扬的壮志努力实现“大港口、大工业、大旅游”三大目标，积极创建中国优秀旅游城市，主动融入北部湾开放开发建设，发展新一极。

“新一极的北部湾，风生水起，浪高路远，海阔天宽。”正是因为钦州、钦南有了许许多多的感动，我们相信北部湾、钦州、钦南的发展海阔天空！

肖白：艺术的千手观音

金秋八月，我有幸成为“中国梦”赴北京考察团的普通一员，跟随自治区党委常委、市委书记黄道伟，市委常委、副市长、宣传部长白志繁，钦南区委书记庞卡等领导到北京，在难忘的六天制作期间，与肖白老师共同度过了三个不眠之夜，对肖白老师多了一份尊敬与认识。肖白，姓白名常伶，是中国人民解放军二炮文工团副团长，著名作曲家。

1992年毕业于沈阳音乐学院的肖白以一首雄壮的《奥林匹克风》轰动乐坛，从此以后他的作品如潮喷涌，不断问世，并被众多歌星演唱，深受全国观众听众的喜爱。多年来创作了大量音乐作品，其中歌曲《奥林匹克风》获1992年中国十大金曲作曲金奖第一名；歌曲《不能没有你》获1996年春节晚会观众最喜爱的歌曲一等奖；歌曲《公元一九九七》获中国音乐电视MTV大赛作曲金奖等各种国家级奖项十余个，歌曲《相约九八》获2000年中国音乐电视MTV大赛最佳作曲奖。不仅如此，肖白还先后为电视剧《突出重围》《康熙大帝》《国家使命》《国宝》《海棠依旧》《非常案件》等作曲共200余首，为大型动画片《西游记》创作的歌曲《白龙马》《猴哥》，为《哪吒》创作的歌曲《小哪吒》等，成为国内顶尖的多产作曲家，受到业内人士及观众的好评，作品广为流传。

音乐可以让人感动，作曲家用他们的旋律来解读生活的点滴，让听众心潮澎湃，浮想联翩，多少美好的感受、印象和记忆涌上心头。“千手观音”肖白，他用“刚”“柔”相济、风格迥异的作品为听众演绎了一幕幕惟妙惟肖的画面。崇尚唯美是肖白音乐创作的理念之根，呈现不同的音乐风格又是他不懈的追求。《奥林匹克风》《相约九八》的迥异曲风可见他的艺术质感。

肖白老师的早期创作还是以晚会歌曲和影视歌曲为主，从《相约九八》后他的创作明显开始转型，在创作《你的女神》就显示出他对民族民间音乐的浓厚兴趣，他试图在古老传统的文化资源和现代审美观念中找到一条通道。在素材选择上，肖白有意拉开了反差，这也是云南极为丰富的民族民间音乐的特点——所谓和而不同，在地域特色具有的某种共性的基础上，更注意了其间色彩斑斓的差异，从而使得整张专辑风格趣味上错落有致。

在写作上，肖白更强调在民族民间音乐资源上的创造性。这体现在旋律上不一定绝对的“原汁原味”，也体现在编曲手段上的不拘一格，当地原生态歌手的采样，室内乐的写作方法，包括流行的多种元素均可拿来为特定的作品服务。他的作品中有注重叙事性和戏剧性的交错发展的《火把节的传说》，有追求传统瑶体的轻灵活泼的《四方街》，有重在美妙意境的营造，飘逸清远的《女神》《神秘姑娘》和《格姆谢纳咪》。

2006年6月在纪念二炮组建40周年大型音乐舞蹈史诗《东风颂》上，肖白担任副总导演、音乐统筹，《东方颂》体现的音乐形象是打破定式的，不仅突出现代高科技下带来的那种挑战极限、征服天涯的节奏“现代感”，甚至有些浪漫主义化。而且音乐听起来充满“时尚感”，音乐形象中包括着对一些传统的品味和对一些目标的探索。

今年7月，肖白老师应市委、市政府，钦南区委、区政府的邀请，做客北部湾为著名诗、词作家蒋开儒老师作词的《中国梦》《快乐海家园》谱曲。《中国梦》是蒋开儒依据胡锦涛总书记在3月7日的政协会上提出的“在共建中共享，在共享中共建”理念而创作的，歌曲的旋律要求荡气回肠，要体现出党中央以人为本，科学发展，共建和谐的豪情壮志，同时表露出中国人正在追求和享受和谐之梦想的热炙情感。《快乐海家园》则是一首赞美北部湾旖旎的滨海风光，向人们呈现一个海湾、沙滩、海豚、氧吧的快乐家园，歌曲充满了愉悦、舒畅。面对两首不同风格的音乐作品，肖白欣然接受了我们的邀请，开始为这两首歌词谱曲。7月5日，在会见了自治区党委常委、市委书记黄道伟时，肖白的信心十足，“北部湾的开放开发感动了我，钦州的领导感动了我，钦州的人民感动了我，钦州的美景感动了我，我一定创作好这两首歌曲，为钦州市、为北部湾的开发建设鼓劲。”

一部音乐作品创作的每一个环节里都渗透着人的思想和感情，他体现了作者的个性、风格。在歌曲的创作过程中，肖白老师展开联想的翅膀，翱翔在神州大地，用心感受中国人追寻和谐之美的豪情气概，北部湾旖旎的滨海风光让他陶醉，他尽情挥洒自己的情感，迸发出的是一串串激情、悦耳的音符。两首风格迥异的歌曲创作一气呵成，8 月底已经在北京录制成功。《中国梦》一曲中，肖白把歌曲和旋律完美地结合，呈现给观众的是神州大地的坦荡和大气，韵律的荡气回肠，把中国人追梦的热忱表现得淋漓尽致，充分体现了肖白坚毅的军人气概。《快乐北部湾》旋律流畅、脱俗，高潮的和声处理夸张但不失巧妙，让人如入仙境，北部湾的秀丽风光尽收眼底，流连忘返，流露出肖白老师个性柔情的一面。

音乐除了给人以听觉的享受，还可以陶冶人的情操。一首好歌唤醒一个民族，一首好曲唱响一个国家。肖白老师用他对音乐事业炙热的情感，为我们演绎了一首首动听的旋律，他用音符为我们鼓起了远航的风帆，给我们留下无限的遐想空间。

我们衷心地祝愿“千手观音”肖白老师为我们创作出更多更好的歌曲，为我们的生活铺就更多的五彩斑斓。

何津和他的《情缘风景》

2017年元宵节后的一天，好友叶学和告诉我，“何津老师生病住院了，正在钦州市第一人民医院住院”，于是我们买了点慰问品相约到一医院看望何津老师。到了病房，我们见到何津老师，依然是高高瘦瘦的，人看上去还很精神的样子，尤其是一双充满智慧的眼睛在闪动着。何津老师在文学界素以温文尔雅著称，待人十分平和，平易近人，没有文人的架子。

我们最早与何津老师相识是在20世纪90年代初，当时我们一帮热爱文学的年轻人创办钦州第一家文学社——浪花文学社，我被文友们选为社长，叶学和担任秘书长，何津老师被聘请为文学社顾问。由于得到何津等老师的指导，全体文友的支持，加上团委和侨联领导的鼎力相助，浪花文学社团结了一百多人的社员，出版了两期《浪花文学报》，因此也结识了何津、徐汝钊、杨松、严钦、叶茅、黄汝华等一批在国内外有名的作家、诗人。由于得到老师的指导，浪花文学社人才辈出，不少人成了文学创作的生力军，其中最为有名的吴世林加入了国家级的文学协会，先后出版了著作《紫苑奇花》《追梦》等三本散文集，其签约的《白海豚》目前已脱稿，即将出版。正是有何津、严钦（当时是《北部湾报》后改为《钦州日报》副刊部主任）的支持，文学朋友们的创作一发不可收。而何津老师自己的创作在这热烈的背景下，也取得丰收，他创作的诗集《相思豆》荣获省级少数民族文学作品奖，为此我还专门为何津老师写下一篇文学评论《南国红豆最相思》，评论得到何津老师的好评，后来收入我的文学作品集《南方雨韵》，成为我和何津老师文学上的一种情缘。后来何津老师举家迁来防城港市工作，先后担任市文化局副局长、文联副主席、主席，出版了诗集《海泉》，还与他人合作，创作了叙事长诗《海债》，等等。

我们问候了何津老师之后，话题自然而然又转回到文学，转回到诗歌，何津老师大约思考半分钟后，从随身带的行李箱里取出两本他最近在大众文艺出版社出版的诗集《情缘风景》分别送给我和学和，并在扉页上签名，“请向东主任惠存并指正——何津，2017 年 2 月 12 日”，我和学和十分高兴地接过诗集，感谢何津老师一直以来的教育指导，我们嘱咐何津老师安心养病，好好休息，便告别何津老师，离开了病房。

回到家中，我翻开何津老师的大作，认真拜读起来。这是何津老师从十万大山走进现代化的港口城市——防城港市之后，在世纪之交二十年呕心沥血之作。封面上的几行诗便深深吸引了我的目光，诗中写道，“在海边 / 咸风咸味腌咸我的感情 / 我的感情腌咸我的汗水 / 重读自己写的诗 / 我淡泊的目光 / 舔着一行行诗句 / 很咸很咸。”这咸咸的情感，咸咸的诗行，让读者忍不住往下探究。何津老师的诗是具有跳跃性的，语言朴实而富有激情和张力，或许何津老师是期冀以自己的痛苦燃烧并点亮别人，给人以指引，就像当年指导指引我们年轻的浪花文学社那样。就在这本充满“咸味”的诗集中，我细数了一下直接与“海”字有关的诗作——《海滩漫步》《夜海垂钓》《读海观天》《航海》《游金海湾》《海浪》《生活的大海》《海泳》《发表在海上的诗》《海上森林》《望海》《海燕》《山海恋》《下海》《船和大海》《山泉和海泉》《海与影子》《长江入海流》《隔海相望》等，不胜枚举！或许海对于何津老师这个日夜生活在海边的诗人来说，具有太多太美的回忆。因为何津老师日日呼吸着带有大海咸味的空气，夜夜枕着大海的涛声入眠，何津老师已然把大海直抒胸臆成精神家园、情感的寄托就不足为奇了。在上述所列诗歌中，我以为非常出彩的有《漫步海滩》，诗中写道，“缓缓的海风陪我漫步 / 一片很湿很湿的金滩 / 一片松软的银滩 / 海浪抱走我的沉思 / 海鸥带飞我的惆怅 / 我欣喜地回头望 / 又一行新的脚印 / 从我生命的海天里 / 一直向远景延伸 / 我到天涯在天涯 / 一半铺在金滩银滩上 / 一半藏入滔滔白浪中。”一首短诗将常人眼中再平常不过的海滩漫步，写得如此出彩，富有生活哲理，令人振奋，令人启迪。我不得不深深敬佩何津老师的观察入微和对生活之海的精华提炼！而《读海观天》凝练的诗句，借海观天，道出了人世间生命的真谛让我拍案叫绝，叹为观止，“风平浪静 / 风狂浪高 / 潮涨潮落 / 渺渺茫茫 / 世上一部最大的经典著作 / 很通俗又很深奥 / 难懂能懂 / 能懂难懂。”此乃何津老师读海之感叹，那么，“观天”呢？“日出月落 / 星走云飞 /

风雨雷电／阴晴冷暖／神秘的宇宙空间／幻变的大千世界／难测能测／能测难测。”读海与观天之间上下对称，对仗工整，用词精准，颇似一幅对联又非对联，读后才觉意犹未尽，令人回味。实在是何津老师一首难得的精品之作。《航海》更短，仅仅六行，容量巨大，令人思索。“日日夜夜风风浪浪／驾船远行／后面，海天相连／前面，天海一色／海茫茫，天茫茫／望海彷徨，望天彷徨。”只有亲自到茫茫大海上漂泊才能得到这样立体的凸显矛盾彷徨的体验，这对于已近古稀之年的何津老师来说，是难能可贵的。列举了部分与“海”字直接相关的诗，在此不禁还想举两首标题无关海，但内容关乎海的诗作，《钓鱼船》，“风，在船上轻歌曼舞／浪，在船下涌向彼岸／钓鱼人／稳坐钓鱼船。”由船到人，那种任凭风浪起，稳坐钓鱼船，打鱼人的豪情壮志直冲云霄，跃然纸上。还有这张《神奇的网》，“我撒了一张神奇的网／捕到许多古今的传说，很悲壮很新鲜／还流着咸腥苦涩／还响着惊涛骇浪／还闪着五彩霞光／所有内容和情节／风和浪迅速向世界传播／有朝一日／我要将这些传说／写一部长诗／就用风和浪的语音。”

事实上何津老师辛勤笔耕，辛勤思索，已写出一首又一首充满激情，充满爱的诗歌，用他自己独特的风格和语言来书写。今天在这月圆花好之夜晚，我遥寄洁白的月光祝福远方的何津老师身体安康，佳作多多！谢谢老师！

访诗人丁辉

2002年7月底至8月初，我有幸作为市“三代”办赴北京、天津学习参观团的一员，去学习参观全国农村“三个代表”重要思想学教活动的先进集体北京的韩村河村和天津的王兰庄。由于时间很紧，待参观完之后，距返程最后期限已不足一天了。我抱着试一试的心态，拨通了诗人丁辉的电话。在电话那头，诗人丁辉盛情邀请我到他家做客，并详细地说明了乘车路线。盛情难却，我欣然答应前往。于是，我向领队的市委何敏成副秘书长告了假，何副秘书长听说我去拜访大名鼎鼎的诗人丁辉，便叫我带上参观团从钦州带来的黄瓜皮、茶叶等一些土特产，令我十分感激。我信奉君子之交淡如水之理。与丁辉先生算是神交多年的笔友了。1994年刚开始实行双休时，我利用双休日为《沿海侨报》编辑故乡月副刊，从一大堆的来稿中，我发现了来自北京国防大学丁辉先生的大作，由于这份编辑与作者的缘分，与丁辉先生的神交就这样开始了。我还探听到丁先生是国防大学某大队的政委，对人热情好客，他是浦北人，凡是广西去北京拜访他的人，丁先生都会热情地招呼。这样对丁辉先生的人品，便多了一分了解。

按丁先生的路线指引。我乘上2路通往国防大学的公共汽车。国防大学在北京算是偏僻了，是2路车的终点站，8月的北京气温炎热，我浑身大汗，但想到很快就会见到我所尊敬的大诗人，心情依然十分舒畅。终于，在中国人民解放军的最高学府国防大学的神圣大门前，我见到神交8年多的诗人丁辉，中等的身材，一双剑眉下，慈祥的脸庞掩饰不了从军多年的勃勃英姿。我叫了一声：“丁教授！”两双手紧紧地握在了一起。在丁先生的带引下，我来到丁先生的家，这是一套供师级干部居住的房屋，三房一厅，客厅里显著位置上挂着一幅风景画，蓝天、白云、大海、椰树构成这幅明显带有南国风味的风景画。画的旁边有一幅书法，“文章千古在，仕途一时荣。”这是丁先生的诗句，一位部队的书法家抄录然后送给丁先生的。足可见证丁先生对艺术的挚爱和追求。

丁先生已从领导岗位上退下来几年了，退下来之后对文学艺术进行了孜孜不倦的追求，他是广西区作家协会会员，中国老摄影家协会会员，主要作品有诗集《昨日风采》《今日情操》《明日展望》三部曲，他的摄影作品功底深厚，艺术底蕴十分丰富，不少作品入选诸多国家级摄影作品展并收入摄影作品集。

丁先生温文尔雅，待人和善，很好客，遇到来北京找他的老乡从来没有半点推辞。对妻子、儿女，丁先生也厚爱有加。他的大女儿，现已是博士研究生。在他的客厅里，丁先生给我讲了一个故事，那是关于他女儿的故事。其女儿一岁半时，他的妻子带她到部队去探望丁辉，不巧丁先生下基层连队去检查工作了。其女儿不幸患急病，发高烧40℃，说来也怪，或许是父女连心吧，丁先生在其女病重时，坐卧不安，于是连夜从十几公里的连队步行回来，即时将女儿送到部队医院急救，这才捡回女儿一条命。我为丁先生那种厚重的父爱所感动。《给女儿》一诗是丁先生在其女儿经历那次劫难之后，数十年后用心写出来的。我在《沿海侨报》隆重推出来，几乎是一字未改，洋洋洒洒数十行的诗能以大篇幅在一家向海内外公开发行的侨报上发出来，因为诗人的诗是用心写的，他打动了报社老总，打动了广大读者，更打动了我。听罢丁先生所讲他与他女儿的故事，我对丁先生更多了一分理解和尊敬。傍晚，丁先生的夫人亲自下厨做了不少可口的北京菜来招待我。丁先生拿出了平时舍不得喝的茅台与我畅饮，那天晚上，真是令人感动啊。我差一点喝醉了。我告辞时，丁先生夫妇俩将我送上公共汽车，汽车远了、更远了，丁先生还在挥手并目送我。丁先生的身后，远远的天际，瑰丽的晚霞正灿烂和燃烧着，好一幅美丽的夕阳图啊！

陈钦平：京岛作曲家

大概十一年前，京族著名作曲家陈钦平先生，带着著名词作家蒋开儒老师，来到正在大开放大开发的北部湾前沿城市——钦州市采风，认识了时任钦南区委书记庞卡（现为广西壮族自治区社科联党组副书记，副主席），同为文学艺术家的庞卡书记，将蒋开儒老师介绍给时任自治区党委常委、钦州市委书记黄道伟（现为自治区政协副主席），黄书记与蒋开儒、陈钦平一见如故，他们共同商量为钦州创作出一批充满正能量的歌曲《中国梦》（蒋开儒作词，肖白作曲，张也演唱），《北部湾》（蒋开儒作词、作曲，阎维文演唱），《快乐海家园》（蒋开儒作词，肖白作曲，谭晶演唱）。这些歌曲经过中国中央电视台播放，迅速走红，成为蒋开儒老师继《春天的故事》《走进新时代》之后又一批深受广大听众喜爱的歌曲。作为作曲家的陈钦平，虽然未亲自参与歌曲创作，但是他的确被当时已年逾古稀之年的蒋开儒老师的激情打动，被具有亲和力的黄道伟书记的热情打动，被年轻有为的庞卡书记的才情打动，陈钦平甘为绿叶映衬红花，而且暗暗积累了北部湾特有的素材，为以后的京族音乐创作打下了坚实的基础。事实上作为中央民族学院音乐系的高才生，早在读书时便显示出来，他和我国著名歌唱家宋祖英还是同学。陈钦平毕业后到了中国唱片公司深圳分公司工作，现为该公司的副总经理，宋祖英的第一张唱片还是陈钦平他们公司策划并隆重推出的，而今宋祖英红遍大江南北，成为家喻户晓人人喜欢的歌星。陈钦平作为绿叶衬托红花功不可没。当然，靠着多年的厚积薄发，陈钦平除了当好绿叶之外，他亦在努力开拓属于自己的音乐领域。他出生在广西防城港，属于京族三岛的后代。京族才是他音乐的根，京岛才有他音乐的魂，他于是找准了目标定位，竭力开发京族儿童音乐，2015 年 12 月陈钦平推出了全国第一张正式出版的京族儿童音乐专辑《做好祖国的小花朵》，收录了一批具有海味和京族文化底蕴的作品，其中《我与贝壳》就是一首非常好听的儿童歌曲。这首歌曲，体现了孩子们对大海声音的一种向往与期许，充分展示了京族儿童团结友爱，乐观向上的精神面貌，充满儿童童趣和幼稚之美。

一个偶然机会陈钦平来钦州做客，我们几个伙伴钦平、世林、学和与我小聚在一起，钦平非常开心地向我们讲述了他这段追梦的故事，健谈的钦平几乎脱口而出，“有梦的人最快乐，守梦的人最坚强，追梦的人最努力，圆梦的人最幸福。”钦平无疑是快乐，坚强，努力和幸福的！他除了有他的京族音乐梦，有一个知书达礼的爱人，还有一个立志向他学习，视他为偶像的乖乖女儿。令人羡慕的是，陈钦平的女儿也考上了中央民族大学音乐学院作曲系，目前是大三学生。他们既是父女，还是校友，在艺术创作道路上肯定会相得益彰，长江后浪推前浪！祝福钦平——这个京族音乐的追梦人！

何石印象

何石，原名何建明，也用笔名少石、老可。汉族，大学文化，湖南新宁人，作家、著名策划家、文化工作者。中国报告文学创作协会会员、中国作家协会湖南省分会会员、中国曲艺家协会湖南省分会会员、湖南省县域经济研究会副秘书长、湖湘文化研究会副秘书长、湖南省政协理论研究会会员，《年轻人》杂志月末版执行主编、《湖南政协》杂志编辑部主任，先后在广西人民出版社、接力出版社、《广西日报》《广西文学》《作家》《三月三》《盾》《北部湾文学》《知音》《家庭》《黄金时代》等发表各类文学作品100多万字。出版个人专著三部，代表作有：社会纪实集《极目南国》，长篇纪实《闯入深圳的娘们》，策划文集《决策传媒》，中篇小说《毒线VCH》《第二道战壕》，短篇小说《小渡风流》《山那边的那边》《大山的儿子》等。主持策划了“首届深圳文博会”“健康中国万里行”“鹤舞爱心——十万儿童助残扶困共平安”“明天会更好——纪念香港回归祖国10周年”“春天的故事——纪念小平南方谈话10周年”等一系列大型活动；组织策划并编辑出版了《潇湘潮涌》《湖南百年老照片》《风雨同舟》《湖南政协工作年鉴》等书籍，在社会上引起强烈反响，被誉为“中国最具文化潜质的策划大师”。

二十多年来，何石一直在粤、桂、湘三地的传媒界活跃着，且行且歌，艰辛并快乐着。一如他的名字，无论走到哪里，就像一块石头砸在静如止水的湖面，总能激起一波一波的涟漪。

少年壮志　痴心不改

山道弯弯、土地贫瘠的湘西南山村是何石的胞衣之地，与许多抱负梦想、抗争命运的少年一样，他把大山浸润的灵性与老成善思的天赋偏执地倾心于对文字的揣摩推敲，以至于中学期间自学了大学语文的全部课本，沉醉于《红楼梦》《巴黎圣母院》《安娜·卡列尼娜》等中外名著，并痴迷地通背着《现代汉语词典》的全部词条，以此厚积词汇潜心在不该偏颇的文学创作里。尽管他屡屡在外面的作文赛事中获奖，并有小说发表在县内外的报刊上，毕竟于科举制度无益。就这样，因为偏科导致的不平衡使他没能走进大学的校门。自此，在村小安逸地做着小学教师的何石始终按捺不住山外的向往，谋想着去部队的熔炉接受锻造，继续他的文学梦想。1985 年冬，他如愿以偿来到南国边陲，服役于武警广西总队钦州支队。在回想部队往事的文字中，一篇《那年春节，百仑河畔没有枪声》的散文里有一段这样的记述："1985 年 11 月，刚到新兵教导队才几天的我，因为一篇小说被驻地的文学月刊《美人鱼》定稿，结果成了 600 多号新兵里炙手可热的人物。适逢春节将至，钦州地区军分区成立了临时 301 联合指挥部，要从我们武警部队抽调宣传骨干到报道组工作，结果正步还走不会的我即被破格要走了。"

从 301 指挥部回来，何石被破格提拔到支队政治处担任新闻报道员，主要负责部队的文化教育和对外新闻报道工作。对于这样一个难得的提炼自己的机会，何石格外珍惜，虽枯燥却乐此不疲，也为他日后的成功打下了坚实的基础。

钦州是一个滨海临风、风景秀丽的边境城市，当时的对越自卫反击战争刚近尾声，部队生活是那样的丰富多彩而又壮怀激烈，广泛与外界接触的机会使他积累了丰富的生活素材，于是，在他"不安分"的心里，总有一种东西在骚动着，那个色彩斑斓的文学梦始终在蹿动着，他有一种不吐不快的压抑。于是新闻报道之余，他还是会利用一切可以利用的时间去信笔涂鸦，再苦再累都坚持着，虽然那时候他也没想过要把创作当成一种职业。艰辛的探索和实践终于结出了成功的果实，他的名字常常出现在《广西文学》《广西日报》《北部湾文学》等报刊，难能可贵的是他参与《广西日报》"桂花杯"首届报告文学征文成为广西唯一的部队获奖者；接着，武警总部组织广西边防武警传奇小说创作，他创作的《毒线 VCH》中篇小说被选中，并由广西人民出版社出版，和他的名字同时编在一起的全是当时国内知名作家，只有他是一个普通战士。从此，他一发而不可收拾，大大小小的作品陆续在全国各地发表，他成了当时部队的焦点人物。但这种精神食粮的丰收却让他付出了现实的代价，因为其“不务正业”，使他与唾手可得的提干机会擦肩而过。然而，文人的傲骨、文人的倔强与叛逆让他并没有因此而怨天尤人。这一切似乎都在他的意料之中，鱼和熊掌不可兼得！是金子，在哪里都会发光的，他需要的是不断地否定自我，挑战自我，超越自我。

南国特笔　一枝独秀

1990年，复员回地方的他被破格安置在县志办编修县志，但每月80元的薪水实在又有点捉襟见肘。还没等县志收尾，他便带着一大摞的作品毅然南下去了深圳。当时的深圳改革开放的热潮汹涌澎湃，是真正的“黑猫白猫捉到老鼠就是好猫的地方”，但颇具戏剧性的是，现实却跟何石开了个小小的玩笑。在农业部的一家公司，办公室主任看了他的简历后却似乎对他的武警出身很感兴趣，拍着他的肩膀说：“小伙子，我们这里正缺一个保安，看你还比较合适。”当时的他刚来深圳，为了求得一个安身之所，便欣然接受了这样一份在别人看来似乎有点委屈的工作。

“天将降大任于斯人也，必先苦其心志、劳其筋骨……”他需要在沉默中爆发。机会总会垂青于有准备的头脑，半年后，在深圳市政府组织的一次征文活动中，他的参赛作品《打工者礼赞》赢得了众多评委的高度认同，毫无争议地获得了一等奖，并被《深圳特区报》副刊头条刊发。就这样，一个曾经“养在深闺人未识”的保安突然间就被鲜花、掌声还有诸多的光环和荣誉包围着。

绚烂的鲜花，人们只惊羡他现时的明丽，而忘乎它当初艰难萌芽中浸透的辛酸与苦涩。那时候在公司，他住的是十多人的集体宿舍，睡的是双层木板床的上铺，连最基本的桌椅板凳都没有，即使在那样艰苦的环境，他也从未停止过向文学的万刃之巅前进的步伐。为了撰稿，他绞尽脑汁，用自制的小木凳架放在床上，就那样双膝半跪着夜以继日地写。投入的时候，他甚至忘记了什么是麻木和困倦。喧嚣的都市，当大多数人都在花前月下打发着寂寞、空虚和无聊的时候，他却用那种方式坚守着自己灵魂的家园。

当时深圳几家重要的媒体几乎都对他表示出了极大的热情，求贤若渴的《深圳风采》(现《深圳周刊》)总编辑更是亲自向他抛出了“绣球”，力邀何石加盟，并承诺凡是他的来稿，一律破例先付稿费再刊发。精诚所至，容易感动的何石放弃了其他几家报社优厚的待遇，应邀担任了《深圳风采》的记者兼长沙办事处主任。

因为记者的职责和作家的良知，何石最关注的并不是重大的新闻事件，而是那些往往被别人忽视的角落，比如流浪人员的无序与挣扎，民工的困惑与无奈，吸毒人员的堕落，三陪女的蜕变……为了最真实地记录生活中那些鲜为人知的东西，给自己的创作提供有价值的素材，他总是深入第一现场去明察暗访，与各个阶层各个群体的人广泛接触，直面交流，即使冒着生命的危险他都无所畏惧。源于对社会深刻的洞察和新闻的高度敏感，他总是能用自己独特的视角去发现新闻热点，将寻常的生活现象新闻化，将枯燥的数字趣味化，既有真实性又不失可读性，并常常取得轰炸式的效应，甚至一个行业的震动。

不就是一瓶矿泉水吗？人人都在喝、每天都在用，家常便饭，难免有点味同嚼蜡。然而，在何石的笔下，却大有文章，《矿泉水，揭起你的盖头来》从水源开采、生产工艺，配方的以次充好、粗制滥造、偷工减料以及市场和销售环节中的虚假宣传到矿泉水与纯净水的对比和区别都作了具体而微的分析和透视，给广大消费者上了生动的一课，使矿泉水行业中的种种猫腻和不法行为昭然若揭。一时间，舆论哗然，利欲熏心而置消费者身体健康于不顾的商家惶惶终日，人们对矿泉水的饮用开始趋于谨慎和理性，由此而引发了一场质量意识的觉醒和消费观念的革新。对此，许多媒体都给予了高度评价，称其为“轰动整个矿泉水行业的开斧之作”(据《华声时报》)。

随着媒体竞争的日益激烈，中国期刊市场呈现了多元的发展格局，多数期刊或惨淡经营，或媚俗从流哗众取宠，或昙花一现便黯然隐退，甚至宣告破产，唯有《知音》和《家庭》能够在复杂的市场环境中经受住风风雨雨的考验和洗礼，独树一帜，并日益深入人心家喻户晓，在这场没有硝烟的战争中从容应对，成为不可动摇的赢家大哥大。面对这种严重的两极分化，许多期刊经营者和研究者都颇为费解和困惑，对个中原因，却又不得而知，唯有何石对此窥视得一览无余，身为作者、读者和编者的三重身份，多年的从业经验，期刊运作的各个环节他是最清楚不过的，一篇《华山论剑，谁是当今大众期刊的霸主》通过一组组有力的数据，全面而深入地揭示了《知音》和《家庭》之所以能够“纵横天下、笑傲江湖”的内幕，尤其难能可贵的是，在两刊高调打出“篇篇真实、绝对精彩”的同时，他根据自己的所知所闻以及对文章的逻辑解读，第一个站出来尖锐地指出，所谓的真实不过是小说家们精心导演的无中生有秀，而编辑们出于利益考虑下的有意纵容更是对这种移花接木的杜撰起了推波助澜的作用。最后，他提出了“兴师问两刊，你们将把中国期刊引向何方”的质问和忧虑。

以媒体从业人员的身份自曝内幕再次让一度冷却的期刊之论空前沸腾，敢于对中国顶级媒体如此直言不讳不能不让人佩服他的勇气。他因此而受到了许多媒体的“特别”待遇，一些相关杂志老总将他的文章复印给每个编辑，甚至发出了“凡是何石的文章一律封杀”的野蛮口谕。

而广大的读者也如梦初醒，怎么也没想到花冤枉钱买下的品牌期刊原来是“故事新编”，难免有一种被欺骗和忽悠的愤怒。

对那些以此营生的职业写手们来说也无异于一次没有任何防备的重创，至少他们的惯用伎俩需要更艺术的包装，在众目睽睽之下不得不遮遮掩掩。

有人爱之、有人恨之，得者怡然、失之怅然……

在风口浪尖上，何石始终保持着湖湘文人那种“心忧天下、敢为人先”的风流本色。

在特区深圳，何石以犀利而敏锐的笔锋直面现实，使国内读者饕餮饱餐、爱不释手，所载期刊洛阳纸贵、一度脱销，刮起了一股不小的“何石纪实风”；即使在风情浓郁的八桂广西，他也一样独领风骚，堪称广西“特稿”模式第一奠基人。他撰写的经济类纪实《广西老乡，你在他乡还好吗》，社会纪实《一个援非医生掩埋在撒哈拉沙漠的奇恋》《飞出广西的蓝凤凰》《“神州画怪”的旷世情缘》等，不仅在国内外屡获大奖，还被十多家报刊竞相转载，一时间《南国早报》《西部开发报》的月评优稿几乎被他一人囊括。在何石的纪实文风影响下，一度奇闻逸趣、大事名人被写作者们挖掘殆尽。何石以“注重细节、强化故事”的特稿模式成为“南国特笔”的标志性人物。

策划兴刊　一石激浪

何石永远是个富有传奇色彩的人物。

他 18 岁从军，年纪轻轻就以小说在文坛崭露头角，甚至在当时的整个武警部队都大有名头。但就在他小说创作的鼎盛时期，却“笔锋”一转，写起了纪实，进而再一次喷薄而出，用一篇篇震撼人心的作品赢得了千千万万读者的共鸣和厚爱，全国各地的读者来信和约稿函就像雪花一样纷至沓来。

从特区打道回府后，何石又以文化辅导员的身份考转文化干部，深圳的很多同事都预言他终归成为官场的陀螺，然而此后他却以分身之术又活跃在湘桂两地的媒体，从《天地人》的创刊，到《华声时报》的特稿部主编，再而后《钦州晚报》的编委兼副刊中心主任、《新闻天地》的总编室主任、《湘声报》的策划部主任、《年轻人》的副主编等，他以文化旅人的沧桑，奉献着自己的青春和智慧。在他一次次否定自身的背后，是一座座传媒大厦的崛起。历史不会忘记一切有功之臣，进步得益于先驱们断臂割腕、呕心沥血的创新思维。

其实何石的最大成就在于策划。

媒体的生命和活力在于创新，这是毋庸置疑的。纵观 20 世纪 90 年代初中国整个的期刊市场，何石不无担忧地发现，几乎所有的杂志都在重走《知音》和《家庭》的老路，它们因无法突出纪实的重围而茫然无措，随便打开一本社科类综合性读物，无不是“情感”“猎奇”“焦点”之类的篇什，而文章的模式也都大同小异，不止期刊，电视、报纸也大抵如此。

“难道中国的期刊就这样一种亘古不变的模式吗？”

“难道除了‘奇闻逸事’‘拍案惊奇’‘至爱真情’就没有别的东西可编写了吗？”

何石在疑虑中发出了这样的拷问。

他知道，疗救中国媒体痼疾的良药是策划，策划胜人一筹，才能决胜于千里之外。

策划虽如此重要，然传媒界仍缺少对策划基本规律作冷静的理性思考，对策划内涵和外延的认识还不够充分，这在一定程度上制约了传媒策划的深入发展。

利用当时担任《华声时报》副刊主编的优势平台，他开始了策划兴报的大胆实践。

经过紧张而充分的酝酿，他相继主持策划了直击台前幕后、穿透天地时空的“华声特稿”和“华声惊雷”。由于贴近现实生活，反映时代特征，高雅又不失感染力而颇受市民关注，成为读者狼吞虎咽的主食。不仅好评如潮，报纸的影响力也空前提高。

曾记得2002年阳春三月《钦州晚报》大礼堂那场激动人心的总编辑竞选，何石以一篇《让我们一起为晚报的明天喝彩》的演讲，从他“卷着美好愿景来到钦州当兵”，又“无奈地打好背包回到湖南的快乐老家……执着地背起乡愁赤条条地闯进深圳”的“文化旅人”经历，到国内报业的态势、地区差异、成败得失，报纸的方向、定位、版式，甚至到该报的色彩、线条和栏目设置无不鞭辟入里，全场鸦雀无声，一个个屏声静气，眼睛发直发亮。他的激进和创新尽管没能帮他坐上总编辑的位置，但他给《钦州晚报》的影响以及他策划的《天涯特稿》《法制经纬》《南国夜话》等版面和他轮值编委时组织的《钦州为何总欠“金”》《钦州TAXI，“等”得花儿都谢了》等新闻策划让读者耳目一新、清风拂面。

何石常以文化旅人来自嘲，他是个无法安逸的人。二十多年的新闻、文化职业生涯，他在南方各地漂泊不定，但无论在哪里，他的位置都是那样的举足轻重。为了更广泛地践行他与众不同的策划理念，每每都是在他最辉煌的时候却突然离开而选择一个更见经传、更富挑战的新起点。

翻开《钦州晚报》《华声时报》《天地人》《新闻天地》《年轻人》……几乎所有的当家栏目都是他心智的结晶，无不折射出他思想的光华。

在传媒运筹上，无论是文化性社会活动，还是文化出版、媒体运行、媒体管理的策划文案，每一个都是成功的经典，是思想性和艺术性的完美结合。

> 一颗颗晶莹剔透的心灵，一盏盏明静闪烁的烛灯，无数双雀跃欢呼的稚手，撞响圣诞夜狂欢的钟声，圣诞老人的魔杖当空划过，一排排丹顶鹤呼啸着飞来，顿时全场彩球飞扬，数千洋溢着喜庆欢乐的孩子们向主会场奔来……
>
> ——《“白沙杯”“鹤舞爱心——十万儿童助残扶困共平安”系列活动》导语

《新闻天地》作为湖南省新闻工作者协会的机关刊物，肩负着关注民生，倾听民声的历史重任，在中国加入WTO面临着众多机遇和挑战的大好时机里，先见之明地为湖南经济界的领军人物，为一切商务活动中蠢蠢欲动的湘商，为十万火急地想入主湖南投资经商的“知本家”，出版这本可展示形象、推荐自我，凸显特色、吸引资金，盛情邀约、共商合作的《湖南都市商务名片》，期望在这与众不同的“雅座”里，更多的人能觅见知音、找到同盟，互取所需、与时共进；我们也期望这本小册子能成为业内人士爱不释手、唇齿相依的精品读物，并能在省会长沙以外的13个城市推而广之。

——《新闻天地·湖南都市商务名片》策划导语

优秀的文明成果难道一定只能等域外炙手可热、洛阳纸贵以后才能“衣锦还乡”、先“出口”再“内销”吗？这样的幽默确实还不少，我们很多湘版读物已经在大江南北轰动多时了，而在湖南却不见动静，究其原因，与发行渠道不畅不无关系。纵观新闻出版集团旗下各路出版精英每年数亿码洋洋洋大观的出版物和以《潇湘晨报》为代表的报业劲旅以及《生活经典》等后起刊物，如何实现本土读者第一时间对优秀传媒文化资源的共享？除了改变新华书店被动守摊经营的传统发行方式为主动出击、先声夺人地宣传和流动营销等策略外，在都市、家庭文化气息浓厚的城市街头和社区设立统一品牌标志、统一进货渠道、统一文化理念的连锁式书报亭不失为补邮政报亭和新华书店不足的有效途径。

——湖南出版集团筹建连锁书报亭策划导语

“我欲因之梦寥廓，芙蓉国里尽朝晖。”得益于香港等地产业转移的调整和外来资金、人才、技术的支持，曾经“苍梧之野”“岭南蛮荒”的湖南正重塑着“湖广熟，天下足”的盛世美誉，新世纪的湖南湘潮涌动，经济承前启后，正朝着“工业化、农业产业化、城市化”的战略目标加速实现向工业强省的跨越，并快速融入区域经济一体化和经济全球化的大潮，大步走向世界。

在未来港湘合作的长河里，一定会惊现更多现代与激进、前卫与厚重两种文明对接的和谐共鸣，一定会绽放更加异彩纷呈的并蒂胜景。

——《明天会更好——港湘交流与合作回眸》导语

我们不得不承认他是执着而有思想的文化策划家。作家的文化底蕴使他厚积薄发，对文字的驾驭游刃有余，超前的策划意识又让他独辟蹊径、高屋建瓴。“传媒竞争最根本的是从业者聪明才智的较量。剔除在报刊搞旁门左道的俗流，真正有才略者无不在实践中奋发踔厉，力求以高超的功力和不凡身手超群出众，虽劳心焦思而乐此不疲。传媒人这种创造性的精神劳动主要表现在策划上，策划胜人一筹，才能制胜于千里之外，并将传媒调度得出神入化，尽善尽美……读了何石的《决策传媒》中的部分文案后，让我真正为传媒界有此执着而又多有操作可行、更有实战成果的文化策划人而倍感振奋。”（见旅美作家，著名传媒策划人，原深圳《女报》杂志创始人、首任社长钟铁夫为何石《决策传媒》所作的序言。）

何石并不作诗，却有诗意盎然的豪情；他人生坎坷，却乐观大度地行走，笑看云卷云舒，静对水起风生，沉淀着，思想着……

（本文与莫予才、许春林合作）

谢凤芹的作家责任

谢凤芹，女，中国作协会员，中国报告文学协会会员，广西作协理事，国家二级作家，在钦州市文联任职，并任市作协主席。她清秀的脸，永远带着亲切的笑容。一副眼镜后有着一双洞察人间万象、深邃的智慧眼睛。

2017 年 6 月 14 日，我到市里开会，闲暇之余到十楼市文联凤芹本家的办公室小坐，凤芹本家热情接见了我。因为都是谢家人，凤芹在送给我的一本书《叶落地平线》扉页上签上，“向东本家雅正。谢凤芹 2017.6.14。”

这些年来，凤芹主席辛勤创作，已在《散文选刊》《当代》《长篇小说》《延河》《广西文学》等全国各级报刊上发表 400 多万字，出版了小说集《欲望的轮回》《大地无言》《叶落地平线》《婚姻黑子》等五部，《谢凤芹作品选》、散文集《静听天音》、长篇人物传记《国柱冯子材》在《中国报告文学》刊物上全文发表。还主编出版多套丛书。凤芹主席是个多产作家，她或许是把写作当成她事业一种神圣的追求，生命的一个重要组成部分，因而她的创作是严谨的，创作水平和创作质量都很高，而且是个多面手，长篇小说、中篇小说、短篇小说、散文、报告文学、文学评论等体载她都能够灵活驾驭，而且写作起来得心应手，不像某些作家只会一种体裁而又觉得是“老子天下第一”的样子。恰恰相反，生活中凤芹主席又是十分随和的。不仅文明礼貌，有爱心，还非常容易与人相处，一点没有大作家的架子。钦南区为宣传开发那雾山，我两次牵头组织（因为本人挂着钦南区作家协会主席的头衔），两次凤芹主席都应邀来参加采风，每次都带头写出高质量的作品。由此可略见凤芹主席为人为文之一斑。

在长篇小说《大地无言》自序中，凤芹主席的序言很短，但标题掷地有声《作家的担当》，其中有两三段文字深深震动我的心灵，“一个思想深邃的作家，一个对生活有穿透力的作家，他会自觉地剥开被遮蔽了的生活，摒弃伪生活，寻找生活的真相。”“一个作家，在社会的激荡变改中如何选取角度创作，是作家个人的事，但其作品一经面世，所产生的社会作用就不受作家个人所控制，有担当的作家，总要掂量自己作品的社会作用。”“我总认为，作家作品是社会滋养的结果，作家要用什么来回报社会，那就是作家的作品。”正是抱着作家这种社会担当精神，凤芹主席把触觉伸向素来属于敏感领域的拆迁，她将故事地点定格在南国边陲傍海而居的“凤凰坡”这个有五百多年历史的客家部落，塑造了一批有血有肉的人物形象，渔民朱老大，拆迁办主任宋雨竹，钉子户杨玉环、赵小燕，官员刘梦哲、高兴良，当地代表朱昌，等等，形象生动，一个个鲜活的人物斗智斗勇，追求各自的目标愿望，很有看点。凤芹主席为写好这部长篇巨著可谓呕心沥血，数易其稿，历时五年，一千八百多个日日夜夜。我真看不出凤芹主席看似略显单薄的身体蕴藏着如此巨大的能量，不知道她到底经历了多少次推倒重来。内心充满敬佩和尊重！有朝一日如果我有了勇气和能力，也想学学凤芹主席，学学凤芹本家，来一个有分量的作品，无愧于自己作为九十年代加入广西作家协会会员的称号。谢谢凤芹本家，祝你创作更多的好作品，还有记得签上你本家主席的大名哦！

吴世林和他的《追梦》

吴世林，广西作协会员，钦州市文联副主席（现市党史办副主任），中等身材，国字脸上有一双浓眉大眼睛，坚定而有神，戴着一副近视眼镜，显得温文尔雅，书卷气十足。

开始认识世林应该是在他担任教师的时候算起。那时我们一起创办钦州首家浪花文学社，会员绝大部分都是年轻人，有激情，有向往，有梦想，所欠的只是经验和历练。世林的加入无疑是一种力量的注入。因为我从他瘦弱的身躯能感受到一种力量，从他坚定的目光中看到一种执着。而且世林非常客气，待人有礼，永远是不急不缓，脸上永远都是灿烂的笑容，非常阳光。让人打心眼里放心。《浪花文学报》是1990年5月8日出创刊号，世林在第四版上发了一首小诗《山路》，诗非常短小，但容量巨大，全诗如下，“细弯细弯的长梯上/绕山安然躺了几千年/草鞋木履连同爷爷走进线装书/你却无法容纳我的步履……”第四版的责任编辑是我和彭晓（当时便能写十分成熟的组诗）。世林祖祖辈辈生活在大山里，写山是再熟悉不过的，而就是对这熟悉不过的大山和山路，世林产生了一种迷茫，一种要冲出大山，绕过山路的冲动，为此世林加入了浪花文学社与我们结伴相行。

一天晚上，世林和一个文友来我的寒舍，那时物质生活缺乏，几乎是家徒四壁，我主要的财富只有一个书柜，和柜子里面满满的书籍。我的清贫似乎有点出乎世林意料之外，世林似乎有点吃惊，但又执意不点破。文友相聚，话题自然放在文学上，世林登门主要是替那位叫小黄的文友来的，我自然而然谈了我的写作点滴，我是从写诗起步的。有一次广西灵山陆屋发生了一起暴徒当众侮辱女青年，旁边竟然无人相救的事件。当时《广西日报》不仅作了报道，还加了日报评论员的评论，此事拷问人的良知，轰动了广西，我于是有了强烈的冲动，小小的年纪也学会了彻夜不眠，奋笔疾书，于是我写出了人生第一首诗，标题叫《离奇不离奇》，颇有路见不平一声吼的味道。这首诗县文化馆的老师们看了给予高度评价，将诗刊登在宣传板报上，并且还付了稿费。这对我的创作是一种巨大的鼓励！世林和小黄在一旁静静地听着，若有所思。世林回去后，辛勤笔耕，进步很快，成为钦州渐露头角的新生代，他当时所写的大多数作品均收录到第一本散文集《紫苑花开》，凭借过硬的功夫和为人为文的诚实守信，《钦州日报》副刊部主任严钦先生发现并推荐世林进入报社，那时正是九十年代。世林做了编辑，编辑大多数是为人做嫁妆的，我作为日报骨干作者，自然而然联系更多，交流更广更深，与世林犹如兄弟一般的友谊。1995 年 10 月 6 日，我的散文《村边的龙眼树》发表在《钦州日报》副刊头条上，责任编辑就是吴世林，以后我的散文、散文诗轮番在日报上发表，编辑都是世林。这样的情谊一直维系着，后来世林到了一医党委办，再后来到市党史办，世林在做好编辑的同时写下不少革命小故事，之后凭借出色的工作业绩，被组织提拔为市文联副主席，与我们这些爱舞笔弄墨的兄弟交往更多了。印象深刻的几次采风活动，包括到那丽那雾山采风，世林都参加了，每次世林还比我们多背了一个摄影机，一副摄影家的行头，其实世林拍照真的还挺不错。

世林丰富的经历，多岗位锻炼，做编辑养成的慧眼，厚积薄发这使得他日后的创作如虎添翼。除了他的《追梦》之外，他签约创作的《白海豚》一书值得期待。这里我想重点介绍一下世林的第三本散文集《追梦》，该文集共八辑收入 73 篇大作，洋洋洒洒近 20 万字，既大书钦州的大港之路，寄情德天瀑布这样的奇山秀水，还遥望圆月，产生了“最”的随想，又放飞了想象的翅膀，穿越历史的大海，来个史海撷英，研读（冯）敏昌，背后的故事令人感动！在《追梦》第一辑作品中，世林写了两个重量级的人物，一个是连续五次荣获残奥会世界冠军的著名乒乓球运动员张小玲，另一个是曾担任钦州市委宣传部副部长兼市文联主席的苏宏发，世林依靠他当年当记者的敏锐和洞察力去专门采访张小玲，写出了非常精彩的“五连冠”的拼搏人生——记优秀残奥运动员张小玲，文章将苦难的童年如何铸造张小玲拼搏的品格，张小玲又是如何努力拼搏夺得“五连冠”的历程娓娓道来，令人振奋。同时世林又凭借近水楼台先得月的优势，将文联老主席苏宏发的梦想情怀与艺术人生描述得有声有色，标题就非常引人眼球《从“土八路”到“金钟奖”得主》，究竟是怎么一个过程？读者的心，一下被抓住了。世林机智地用了三个小标题，分别是“寻梦”“追梦”和“圆梦”，原来也是有故事的。世林《追梦》的第七辑“敏昌研读”，也是十分出彩的，正如钦州市已故的著名作家徐汝钊所评价的那样：“吴世林这里研读的大师晚年留下的一组异常珍稀的佚文，占有这些资料本身就不容易，更想不到现今年岁还算年轻的他，对冯敏昌晚年行踪及生活细节如此熟悉，对老人那种落日苍茫，回天无力的无奈，却又不甘沉沦，不坠青云之志的种种复杂，微妙心绪把握得如此到位。”大伙都知道徐汝钊老师生前很少这样夸奖青年人的。对世林之赞誉绝对是发自内心，发自肺腑。今天读来还令人敬佩。说来也巧，正如世林在《追梦》封面所说的那样，这是一个追梦者追逐自己梦想所留下的几行或深或浅的脚印。

有梦的人最快乐，守梦的人最坚强，追梦的人最努力，圆梦的人最幸福！如我写京族作曲家陈钦平一文所述，这几句精彩且富有哲理的语言出自陈钦平之口，世林巧妙地引用到他的散文集封面上乃至作品中来，而且特地在后记中加以详细说明，这或许是世林与我们几个文友之间说不清道不明的文学之缘。如果真正要探究世林什么时候产生追梦想法的，我猜想或许是世林那晚到我寒舍中三人长谈，世林一副若有所思的时候开始吧？世林兄和读者诸君你们说呢？

腹有诗书气自华

——小记祝迎和她的诗

在正式见到祝迎时，常常在《钦州日报》或其他网络平台上拜读到祝迎的不少诗作。祝迎，祖籍浙江，拥有江南水乡女孩优雅的气质。美丽中透着一种执着，浑身上下散发着一种优雅的成熟气质。莫非就是古人所说的“腹有诗书气自华”吗？

一次偶然机会，我拜读到她的诗作《秋之痛》，留下了极其强烈的感觉。《秋之痛》是祝迎参加一次诗展平台而作的诗。“子夜的酒，透过薄纸张望 / 今夜小楷没有悲伤。”秋意渐凉，但祝迎的诗只有向上的力量，没有悲伤。这是气质女孩儿情感的一种宣泄，“还需要什么解释呢 / 告诉我，我就能画出一池睡莲。”好美的意境，我似乎要陶醉其中。于是，我忍不住提笔为祝迎的诗写了第一条小留言，“《秋之痛》是祝迎的心灵之作，拜读后令人心灵感应，产生共鸣！是首不可多得的诗作！祝福诗人鸡年更吉祥！佳作多多！”评论经编辑精选后作为留言，刊登在诗作后面，当时平台主编回复了我一句，“愿意详细听听你心灵的涟漪”。于是，我禁不住又写了第二条留言，“祝迎的诗素以走进人心为最擅长，这首《秋之痛》也不例外。仿佛是一个灵魂的歌者，轻轻地诉说，你不得不跟着她的情绪从外到内，深入骨髓，没有多年的功力，无法做到浅唱低吟中给你那种彻骨的痛，却生长成另一种坚韧，虽九死而不悔。只有一个真正的歌者，才能在诗歌的舞台上释放灵魂之歌。”平台主编很快又有回复，“正如你的一声喝彩，从某种意义上说，（都是）对于诗人的鼓励和触动。”这似乎成了我为祝迎的诗第一次与平台主编的交流，也是交流最多的一次（当时由于平台标明是作者回复，我还一直以为是祝迎给我的回复，现在弄清楚了，觉得挺好笑的）。

从此以后，我开始更多关注诗人祝迎和她的诗。直到有一天，我有缘读到祝迎一位好友阿梁写的评文，“初识诗人素盘（祝迎）在及笄之妙龄，至今有数十载，那时她已经显现出过人才华、浪漫的气质与豁达的心态，初具诗人风范。如此跳跃思维而有趣，有趣的灵魂不多见，她是气质最为突出的一个，喜欢她安静地伏案疾书，沙沙几笔就成就了一篇浪漫的长诗。一晃几十年过去了，那个清丽高挑白皙的略生涩笑起来哈哈哈的小姑娘如今如约成为了浪漫才华横溢而灵感如涌泉的备具丰韵的诗人。善良知性，浪漫自由，如水柔情，极接地气，却又果断坚毅的祝迎。”阿梁说得太好了，将祝迎的气质刻画得惟妙惟肖。

在与祝迎神交近一年之后，今年金秋的某一天是个周六，钦州市作家协会举行学习传达自治区文联相关会议精神，我是较早到会议室的，因为时间还早，我主动协助市文联邱副主席放置矿泉水。刚刚弄好，一位颇有气质的女孩走了进来，我一看，呵呵，原来是祝迎进来了，她落落大方地伸出手，“我是祝迎！”祝迎笑着对我说。神交许久，拜读了不少她的诗作，原来诗人就在眼前，那么气质秀雅，美丽大方，楚楚动人，一如她的诗。《女人花》，这首诗祝迎第一次以明素盘笔名而作。该诗歌不长，不妨与大家分享一下，“人世间那些倏忽来倏忽去的／尘缘／我以为／会如浮萍般漂流／又惊于／四季轮回／景物重叠／若干年后／子夜走廊长裙拂地／仍能感到心灵的窃窃私语。是要尘封哀怨／托付大雁寄给远方的你／还是希望你能听见／我祈祷的声音／哭泣，欢喜，午后烈日灼烧过／繁华都市间／仍能嗅到你白发苍苍捎来的消息／缠绕心头如烈酒般酝酿／长长的一个世纪／满眼的春色／写下给你的诗篇／荒漠，沼泽，海洋，高山／不远万里地传递／幸福早已干成薄薄的书签／夹在二尺山水中／我赠你的词典里／读我们熟悉的声音”。诗歌运用大量意象，跳跃，语言富于张力，令人想象无穷。祝迎说，“诗歌是要用灵魂来写的，更要用心灵去品味的。”

从我去年开始主编的七期《文明钦南》报中，每期都刊登有祝迎的诗歌，她的诗早已深入人心，成了《文明钦南》一道人间亮丽的风景！而低调的祝迎又很谦虚，作者简介只有两行字，明素盘，本名祝迎，“70后”，广西钦州市人，自小习诗，作品散见于国内各地报纸、杂志及网络。难能可贵的是，祝迎对《文明钦南》报，从编辑、设计乃至底色选择，具有诗歌审美能力的她均提出许多宝贵意见！为我们的《文明钦南》报增添不少亮点。谢谢诗人祝迎！祝你佳作多多，像一朵美丽的“女人花”永远年轻漂亮，永不凋谢！

父爱如山

十四年前，虽然还没有进入冬季，但在一片凄风苦雨中，老父亲还是狠心地撇下与他相濡以沫几十年的母亲和我们兄妹几人，一个人到另外的世界去了。父亲走了，坚守在病床前近乎十天十夜的我，放声大哭。都说男儿有泪不轻弹，只是未到伤心处啊。我跪在父亲病床边，抚摩父亲的身体，久久不愿离去……

那一年我借调到自治区高级人民法院，而且距参加西南政法大学民商法研究生第一学期三门课的考试不足一个礼拜，或者别人都以为我会放弃，但我硬是挺了过来，并且最终通过三门基础课的考试。我知道，老父亲天上有灵，他会为我感到欣慰的。对于父亲的恩情，父亲对家庭的点点滴滴，我极少用文字来记录，我其实是不愿触碰那些敏感的神经。在我心中父亲也是伟大的，父亲是一个家庭的顶梁柱，父爱如山。

近日，有缘在《钦州日报》上拜读到杨松老师的两篇人生随笔《穷的味道》《父亲的口袋》，尽管标题不同，但笔下所写内容都是“父亲”。杨松老师，在钦州是个颇有名气的大作家了，以前是写小说的高手，而在这两篇人生随笔里，杨松老师就像与邻家谈心般轻松地向我们讲述了他父亲的故事，没有华丽的词藻，不让人有丝毫负担地听完他父亲的故事。在《穷的味道》一文中，“父亲咧开嘴嘿嘿一笑，说人有贫富，但没有贵贱……”母亲说，“富有富的乐趣，穷有穷的滋味嘛。”借着父母的诠释，整篇文章的哲理呼之欲出，（如果）没有父母亲的孕育和艰难守护，哪儿有我们？除了用伟大来歌颂父母的伟大外，一切颂词都显得苍白无力，这“也是生命的真谛”，从而使整篇文章得到了升华。我猜想这也许也是杨松老师写作这篇佳作的初衷。

而在《父亲的口袋》一文中，作者则采用记叙性的写作手法，下笔有神地将父亲的衣着描写得十分精彩，“父亲一年四季都穿着一件靛青色的粗布唐装衫，热天单穿，冷天套在棉衣上穿。唐装衫九颗布纽扣，有两只大口袋”。那口袋里装着常让他的儿女们快乐的“惊异”。这究竟是什么样的“口袋”呢？作者在此打下了伏笔。随后，作者娓娓道来，原来父亲的口袋里不仅会装有田螺或青蛙，有时还会装苞米或野果，更多的是在喝喜酒的时候，用荷叶装回的鸡肉猪肉等。作者深情地写道，“父亲的口袋装着我们全家浓浓的爱”。读到这里无人不为这种父爱而深深感动。父爱如山，又一次深深触痛了我的神经。

而后，杨松老师通过描述父亲的水肿，父亲与“老互助”互爱互助的细节，最后描述到“老互助”的惨死和父亲的泪流满面，至此父亲和善可亲，富于人情味，富于同情心的形象跃然纸上，栩栩如生。文章最后的升华部分是“从此我老发噩梦，梦到老互助的死。老互助一生追求美好的梦，为什么会在追梦的路上死去呢？”“国穷家就穷，家穷没有富口袋”。完成了从个人上升到国家层面的思考，这是作者难能可贵的一个飞跃，从“小我”到“大我”。

这也是文章最为出彩之处。“父亲的口袋装满着爱，却装不住一条脆弱的生命。”掩卷而思，作者振聋发聩的呼喊，令人震醒。幸而，在我们伟大的社会主义国家，有党的坚强领导，有亲民爱民的政府和关爱民生、关注民生的政策。我们有理由相信，从此以后“父亲”的口袋装着的都是满满的爱。

情感的寄托与心灵的寻找

杨松老师以“原创随笔系列”的形式一下推出了八篇散文《情感老屋》，这组系列散文分别在《北部湾》2014年第3期和2015年第1期全部发表，在广大读者心中引起了强烈反响，产生情感上的共鸣。我一直视杨松老师为良师益友，加上杨松老师兼任我办主编的《扶贫开发报》顾问，因此我一直关注着杨松老师的作品。此次系列随笔体的散文《情感老屋》共八篇，依次为《穷的味道》《老屋记忆》《待哺期》《抢食》《两个女人的战争》《满姨》《心灵的寻找》等。我未有机会请教杨松老师作这样的排序，有否有更深的意蕴。我只是从中强烈感受到，杨松老师每一篇作品都作了生动描写和深刻思考，可以说是独具匠心。描写父亲的有《穷的味道》《父亲的口袋》，寄托情感的有《老屋记忆》，硝烟弥漫的是《两个女人的战争》，充满对生命渴求的是《待哺期》，出于本能需要的是《抢食》，对命运不屈而抗争的是《满姨》和对生与死不息探寻的有《心灵的寻找》。每读一篇带给灵魂的是一次强烈的震撼，每读一次能够体会到人性的光辉和杨松老师娓娓道来的神来之笔带给我们的一种美的享受。

一、大爱“父亲”完成了创作上的飞跃

在这组系列散文中，杨松老师最集中写大爱“父亲”的有两篇，分别是《穷的味道》和《父亲的口袋》，笔者认为，这两篇散文都写得十分出彩，就像与邻居聊天一般地向读者讲述他父亲的故事，尤其是在《父亲的口袋》一文中，杨松老师采用记叙性的写作手法，将父亲的衣着描写得十分精彩，“父亲一年四季都穿着一件靛青色的粗布唐装衫，热天单穿，冷天套在棉衣上穿。唐装衫九

颗布纽扣，有两只大口袋”。口袋里常装着让儿女们快乐的“惊异”。究竟是什么样的“口袋”呢？杨松老师先打了个伏笔。然后，再娓娓道来，原来父亲的口袋里不仅会装有田螺或青蛙，有时还会装苞米或野果，更多的是在喝喜酒的时候，用荷叶装回的鸡肉猪肉等。杨松老师深情地写道，“父亲的口袋装着我们全家浓浓的爱”。父有形、爱无形。至此，读者无不为父爱而感动。而后，杨松老师通过描述父亲的水肿，父亲与“老互助”互爱互助的细节，最后描述到“老互助”的惨死和父亲的泪流满面。读至此父亲和善可亲，富于人情味，富于同情心的形象跃然纸上，栩栩如生。

文章最后的升华部分是“从此我老发噩梦，梦到老互助的死。老互助一生追求美好的梦，为什么会在追梦的路上死去呢？”“国穷家就穷，家穷没有富口袋”。杨松老师完成了从个人上升到国家层面的思考，这是文章难能可贵的一个飞跃，从“小我”到“大我”。“父亲的口袋装满了爱，却装不住一条脆弱的生命。”杨松老师振聋发聩的呼喊，令人深思、令人震醒。

二、浓浓亲情讲述着老屋的情怀

从《待哺期》开始，到《抢食》《满姨》《两个女人的战争》，尽管有矛盾，有纠结，有悲欢，也有离合，但杨松老师笔下依然是浓墨重彩去抒写一种浓浓的亲情，并通过《老屋记忆》表现得淋漓尽致。

在这一系列篇什中，笔者以为那是得益于杨松老师对生活底蕴的提炼、升华和对哲理的思索，正如导言讲的那样“许多事都被历史的长河淹没了，唯有情感没有被淹没。……让情感栖息在斑驳破旧的老屋子里，打开记忆的闸门，捡拾散落在田头地角的故事”。所以才有一串串看似不经意的文字“简单也有个过程，过程就是一种味道”。下笔不凡，简洁而有力。

“富有富的活法，穷有穷的味道。这是人的生命观。”（《穷的味道》）哲理之光不时闪耀，对文章升华增添了不少光彩。“从哪里来回哪里去，从起点回到起点，真是个千古不变的定律。”（《老屋记忆》）生命的轮回，在杨松老师的笔下，是那样自然而然，令人钦佩。“人是要讲点精神的，但物质是基础，精神要建立在物质文化上……人不能偷不能抢，但当她的儿子连肚子都填不饱的时候，她的教育就是显得苍白无力了，母亲当时不懂，就是懂了也无奈。”（《抢食》）

没有更多的理论，却勾勒出生活的艰辛和母亲的无奈。“两个男人都有一身力气，一百多斤的担子放在肩上跑一百里气也不喘，但要对付两个手无缚鸡之力的女人却无能为力。”（《两个女人的战争》）“满姨走了，她赤条条地来赤条条地去，带走了亲情的思念，留下了一个给世人迷茫的问号。”“满姨回瑶山去了，不知道她要走多长的路。”（《满姨》）“留一份记忆，留一份情谊，留一份财富。”“父母辛苦一辈子，好不容易把我们拉扯大，我们要记住父母的恩。”“被人遗忘是痛苦的，被人记住是幸福的。”（《心灵的寻找》）没有华丽的词藻，但文章的哲理都能呼之欲出，笔者不得不十分佩服杨松老师的语言功力，朴素无华但厚重而充满底蕴。

三、寻找心灵追求崇高的思想境界

“小妹，哥今天给你倒杯酒，祈祷你在不同的世界过得快活。哥望你记得这个家，经常化作蝴蝶飞回来看你出生的老屋。小妹，不管你和我们生活有多久，你都是我们的亲妹妹。”“小妹已经回到我们这个家，住进我们的心里。”尽管经历几十年风风雨雨，岁月的沧桑，但失去亲人的切肤之痛，仍然强烈感受得到，对逝者的那份思念之情跃然纸上。《心灵的寻找》是杨松老师这组散文的最后一篇，他直抒胸臆，发出了“人心都是相通的”，经过寻找，“已经找到小妹了”，“她”永远住进了我们的心里。超越了生与死成为了永恒。我猜想，这或许是杨松老师为什么要把这篇《心灵的寻找》放在整组散文的最后，是想告诉人们“是人就有被人记住的权利”，“遗忘亲人可以说是对人情的背叛”。当心灵的寻找不再是一场虚无缥缈的梦时，活着的人们更应好好珍惜美好的生活啊！

总而言之，《情感老屋》是一组成功的佳作，它来源于生活，又高于生活，好像一束熟透的禾穗那样散发着稻谷的芳香，是那样令人感奋、令人思考。环环相扣，细节描写生动。杨松老师把当年写小说的本领都拿来驾驭这组散文，亮点纷呈，很有味道，这也是《情感老屋》给我的又一个启迪：老屋不老，生命长青！

演绎激情

细读《八好风气照我心》一文，从中品味到作者真诚火热的心灵和深邃动人的思想，让读者心灵深深感动，文章处处散溢着平平淡淡总是真的感觉，像和你促膝交谈的长者，像谆谆教导的老师，在不经意间和轻轻松松中受到了感染。在文章朴实无华的字里行间，流露出作者权为民所用，利为民所谋，情为民所系，真心实意为民谋利益，奋勇争先的工作激情和撼人心魄的魅力，读后令人感触颇深，受益匪浅。

激情，源自对党对人民的责任；激情，需要积极的心态作沃土，不断的努力作养料，辛勤的汗水作阳光雨露才能绽放斑斓。如果失去了激情，就会失去灵魂，就不会有进步、有发展，生命就会黯然失色。

激情在燃烧。钦州近年来的迅猛发展，大家有目共睹。新一届市委领导班子，壮志凌云，运筹帷幄，凭着一腔激情、一股冲劲，引领全市人民一心一意谋发展，共建美好家园。从实施“323”工作思路，建设“三大目标”，开辟工业化、城市化“两大主战场”，到融入泛北部湾区域经济合作，构建中国与东盟的区域性物流基地、商贸基地、加工制造基地和信息交流中心；从城市规模扩大、城市品位提高到国民生产总值21.7%的高增长率，一路走来，亮点纷呈，钦州经济跨越式发展。激情在这里升华，激情被演绎得淋漓尽致，让每一个钦州人怦然心动。激情犹如春潮涌动，燃烧照亮了整个钦州。

对话激情。激情是穿越寒冬绽放在枝头的那抹新绿，激情是走过泥泞遗留在身后的那行足迹，激情是阴霾过后穿透乌云的那缕阳光。假如梦想没有激情，事业将一片荒芜；假如心灵没有激情，生活将平淡无奇；假如行动没有激情，人生将一无所成。

放飞激情。“在国力日见增强的今天，我们仍然要保持着这么一股劲儿，一股拼命的精神……全身渗透着一股使不尽的力量，有一种跃跃欲试、奋勇争先的激情。”这一番话语，不仅是对每一位干部的期望，也是对每一位干部的鞭策。钦州，就像一个新生的宠儿，需要我们去关心他、呵护他，让他健康茁壮地成长。比尔·盖茨有句名言：“每天早上醒来，一想到从事的工作和所开发的技术将会给人类生活带来的巨大影响和变化，我就会无比兴奋和激动。”时代的发展，社会的进步，呼唤每一位党员干部常怀奋勇争先的激情，时刻牢记党的宗旨，身体力行“三个代表”的重要思想，以为人民服务为荣，切实履行好一名共产党员的职责，尽情张扬自己的才智，放飞激情，把我们的家园发展好，让人民过上更加幸福、安康的生活，无愧于我们的党，无愧于我们的人民。

慈爱与童心的展现

蔡旭同志是我区一位擅长散文诗创作的作家，很善于从平凡中发现人生的真谛。读过他的诗作的读者不难发现：许多看似平淡的人物、事物，经过他独具匠心的歌之以真、动之以情的刻画，均充满生气与活力，从而自然而然地给人一种美的艺术享受和哲理的启迪。发表在《广西日报》(1989年1月25日副刊）的《我和孩子的哭与笑》也是如此。

人间百态，喜怒哀乐。哭与笑的确太平常了：不少做父母的不仅不会去注意，而且还会产生厌倦之心呢。而蔡旭同志恰恰相反，他以锐利的观察力，透过这一哭一笑，成功地捕捉到这组感人至深的散曲，在这篇不足五百字的散文诗里，真实自然地把人生父子间的慈爱之情和透明纯真的童心展现在广大读者面前，那浓郁的生活气息扑面而来，很容易使人产生一种感情共鸣。整组诗篇分为六小章，首尾连贯，既独立成章，又互相照应，文字简练朴实，平均每章不达百字，却生动形象地勾勒出憨厚、和蔼、慈爱的父亲以及婴儿那天真烂漫、纯洁可爱的形象；文笔优雅、清新明快，抒情中蕴含人生哲理，令人回味无穷，读后颇令人感奋、欢欣和喜悦。

如果说“交谈的开始”“光明的向往”等前三章主要是反映“我与孩子”的哭的话，那么，这哭声实在太扣人心弦了。“尽管你不会说话，但我知道，你和爸爸一样，都是喜爱光明的。”只有经历“黑夜”磨难的人，方知光明可贵！这句朴实无华的诗句，是那样动人心魄，它强烈地表述了作家和人民对光明对幸福的神往，同时也表示了“对于黑暗，也用不着害怕”的坚定的生活信念。“幸福的回音”“哭笑的效应”等后三章有哭有笑，笑在后头。“你笑了。我也笑了。一个开放的世界正含着笑。”字里行间，既体现出对后一代的殷切期望之心，亦袒露了作为一个父亲特有的自豪之情。并在末尾以其丰富的想象力，深化了“笑”的主题，赋予“笑”更深的更广的内涵，使之更富有积极的现实意义。因而，无论从思想内容还是艺术角度等方面而言，这篇散文诗都称得上成功的佳作。

芳草菲菲雨情浓

三四年前就常在贵报拜读曾觉菲的散文，觉得曾觉菲的散文很有一番韵味，让人感觉到仿佛是在月圆的晚上沐浴在一片清凉的月光之中，那情那景令人回味无穷。时至而今觉菲更显得成熟，她的作品大都融进了其对社会对生命对爱情独特的体验，具有一种撼人心魄的魅力。

像诗人营造意境、精选意向、借景抒情那样，《雨》（载《钦州湾报》1992年9月21日）成了觉菲数次抒发灵魂深处隐秘的抒情对象，雨——白色晶莹、飘飘洒洒、乐乐融融，《雨》中的故事不外也是小时候妈妈给“我”送雨衣，“我”与妈妈同走泥泞小路的乐趣；而今“我”长大了已为人师，不能再有盼雨思亲的依赖了，而冒着大雨为“我”送雨衣的竟是一位穿花裙子的小女孩儿；故事不算复杂，而雨浓情更浓，从雨情中走来的“我”虽然初为人师（觉菲是个教师）却产生了“一种持久的自信、自荣、自慰”的感觉，读后令人倍感亲切。同是选取雨中景致，《聚散在秋雨》（载《钦州湾报》1993年10月25日）则写得深沉凝重，面对好友茹与其夫文峰聚与散的喜剧与悲剧，“我”只有这样说：“秋天来了，冷雨就会下的……”

“没有月亮，太阳总会恒久地升起来？”的《未曾升起来的太阳》（载《钦州湾报》1993年9月12日），攀越了女人心理篱笆墙的《女人靠山》（载《钦州湾报》1993年4月18日），教会写诗的丑女孩儿去掉那份悻悻的自卑心理的《诗让人美丽》（载《钦州湾报》1993年8月8日），《寄语秋风》《用年终奖买礼物》（载《钦州湾报》1994年2月9日）等一批作品，都深刻表现了改革开放中女性自强自立意识的觉醒。在不少的女性作品中往往表现出浅唱低吟，觉菲能把笔触伸向自然社会及人生的深层，开拓其底蕴，那是难能可贵的。

天然去雕饰，清水出芙蓉。觉菲的散文具有朴实无华、以情动人的优势。《走躺手术台》（载《钦州湾报》1992年11月23日）中小男孩儿勇敢机灵与“我”的懦弱、害怕及后来的坚定态度，黑白两线对比鲜明，写得活灵活现，颇为逼真。而小说《病重》（载《钦州湾报》1993年2月26日）则塑造了两个善良父、母及三个孝顺子女的形象，着墨不多却个性分明，构思精巧，详略得当，结尾教人思考余韵无穷。不失为一篇小小说的佳作。人人生活在幸福中，幸福在哪里，什么叫幸福，觉菲情感强烈一叹三咏的《幸福》（载《钦州湾报》1992年10月9日）告诉了你答案。而在此，我想向读者推崇的是觉菲的散文《绿草地》（载《钦州湾报》1992年11月6日）那片茵茵的绿草地滋生着觉菲一生隽永的希望呀，因而我敢说，觉菲心中这片绿草地不仅绿草萋萋，而且繁花似锦，在觉菲这许许多多有一定质量的散文作品中，《绿草地》应拥有一块茵茵的芳地，而且也有理由相信觉菲进一步表现女性自强自立意识的觉醒，那么觉菲的作品定会更成功，会引起更多读者的共鸣。因为芳草菲菲雨情浓。

觉菲你这位从“雨”中走出来，挟着草地的清新，抛弃女人的靠山的女孩儿，我们在期待和祝福着你！

凝重的意蕴　淡泊的诗心

邱健的爱情是以其女性特有的纤巧、细腻及温存，引起我的注目。她的处女作《某个雨天》(载《广西工人报》1988 年 7 月 20 日四版)，尽管“雨天”是朦胧的，但作者那“充满柔情”且清新朴实的文字却给人留下清晰的印象。她的另一首诗作《伤别》(载《广西工人报》1988 年 9 月 14 日四版）以其洗练的文笔和巧妙的构思，尤其是诗作的意蕴及本身的艺术魄力，征服读者。《伤别》较之于《某个雨天》意象更为清晰，亦蕴含着更深一层的悲剧意识。难能可贵的是，作为叩缪斯之门不久的年轻作者邱健在诗中展示了 20 世纪 80 年代女性的新风采，面对悲剧或不幸，并没有长吁短叹，沉湎往昔。她通过假设，巧妙地借助“一片枫叶”的形象，较准确自然地抒发了对爱情既神往又执着的追求和不迷惘失落的丰富的内心感情。那种对恋人的理解和宽容，即便在心灵上被划了一道“不可弥合的血痕”也自信“我不会伤感”。这正是作者自强自爱的意识觉醒啊！“我只会再次奉献这枚带血的心”，这包含多少忍让、真挚与赤诚？谁不为之掬一把感谢之泪？这就是理解，这就是信任！

然而作者并未满足，她的笔锋一转，又一次奇峰突起，一个假设倾吐淡淡的却又十分美丽的忧伤，在潜在悲剧意识及似超脱实质无奈而淡泊宁静的心境支配下，迎接不幸的悲剧，做出勇敢的抉择，从而把诗推向了高潮。尽管那片“孤零零的枯叶”已“飘离枝头”，但读者从中却感受到一种心灵的感应，感叹但不悲伤，惋惜但不沉湎。或许这就是该诗艺术魅力之所在呢。

十七岁的诗心勇于展现着对悲剧意识的反思，我们有什么理由不为邱健的为人为诗的诚实而欣喜呢。当然这欣喜也包含期待与祝福！

抨击时弊　一针见血

作家蔡旭的散文诗作《编辑部轶事》由《职称与称职》《编外与意外》两章组成，犹如阳光下的两滴小水珠，真实地显现出生活。诗篇短小精悍，没有“哗众取宠”，更与某些散文诗的苍白空乏无缘。由于直接取材于现实生活，不乏精彩闪光之处。

诗作的构思精巧。精就精在题材新，立意深，语言凝练；巧就巧在题目本身的奇妙，“职称”与“称职”仅一字倒置，“编外”与“意外”也仅一字之差，却反差强烈，对比鲜明。《职称与称职》寥寥数笔几乎都是白描的艺术表现手法，却把那种论资排辈，形而上学，不正常的社会弊端揭露得淋漓尽致，入木三分！而《编外与意外》文笔犀利，充满辛辣的讽刺意味，由于“记者证被拦在大门之外”，无可奈何的他“失去了一条新闻”，然后“又得到一条新闻”，的确是无法预料到的事，得到的是一条什么新闻呢？作者没有直说，戛然而止的结局，留给人们的是深深的思索。

闪动生命灵光的哲思

读蒲滨的散文，扑面而来的是一阵和煦的春风，整个身心仿佛沐浴在一片柔柔的雨丝中，感觉是轻轻曼曼的，令人陶醉。几年前蒲滨以其女性特有的纤巧细腻的笔触引起读者的关注。而至今日，蒲滨的文笔更显成熟，她的散文以含蓄飘洒清丽真诚深深打动了读者的心。

在艺术构架及风格上，蒲滨的散文虽然没有大起大落的跌宕及气冲罗汉的雄浑，但却展现了另一种生命的柔韧与轻灵，对已逝岁月的追忆，对人间真诚友情的渴望，对未来的憧憬与向往，于是便有教读者“慢慢地走，慢慢地品味”的《水屐声声》(载《钦州湾报》1993年8月13日三版)，有“往事虽痛苦也无奈”“时间筛过，终留淡淡的香，点点的红”的《享受孤独》(载《钦州湾报》1993年8月25日三版)，有借物托情令人感动的《蓝中情盘中趣》(载《钦州湾报》1992年2月9日三版)，还有“穿灰衣服的妞妞慢慢地站起来，慢慢地伸出手，握住了彩虹”的《天空蓝盈盈》，等等。从蒲滨对未来的憧憬，对友情对温暖的渴求，对已逝往昔的追忆（但绝非沉湎），在这些透着《生命之花》(载《钦州湾报》1993年11月21日六版）和《花·女性》之光的五彩篇章中，我们可以看到蒲滨是在淡泊宁静纯真美丽且带着或多或少无奈与怅然的心境支配下，对人生社会与自然的观照已表现出作者较为独特的对人生对社会对哲理的体验。我坚信这绝不仅仅是作者一种盲目性的生命意识的萌动，尽管作者是学医的。我还发现蒲滨对往昔对友情对美之趣尤其是对生命表现出其女性特有的敏感。“你曾经是我的病人，但现在不是，因你走了，在那美丽的天国”，这是蒲滨在《生命之光》的开笔，落笔不凡，一下扣住了读者的心弦（笔者不得不十分钦佩蒲滨的冷静），而往下读，汹涌的思绪，情感的浪涛只有随着作者娓娓道来的故事翻滚或者起伏，我想这或许就是蒲滨散文之所以成功之所在，感人心魄，平凡中见神奇且蕴含着无穷的生命哲思。“长针短针，秒秒分分，多少人视而不见，昼夜交替中，多少人轻松让生命滑过，可你，为追求本应属于你的人生，不惜用柔弱的身体去承受巨大的痛苦。”这段撼人心魄的话语，表面上是写给那位美丽的六岁小女孩儿的，而每一位读过蒲滨这篇散文的人们，难道不应去想想是否愧对生命了？人活着就得活得高尚些，更有意义些。或许是由于这样，多年以来，蒲滨静静地写了许多静美之趣的散文，在寂寞美丽的文学园林里，寻找属于自己的一方蓝盈盈的天地。她那双美丽动人的眼睛里透着智慧聪明与冷静……一定会诉说更多美丽动人的故事。蒲滨，我也想祝福你，真诚的！

生命触须　根植大地

对于作家田景丰先生的作品，许多作家、评论家都曾给予高度且中肯的评价，像我这样才疏学浅者再说长道短显属多余，但我仍情不自禁地想道上几句。

几年前的初春，在十一冶宣传部办公室，我拜访了担任党委宣传部长兼报社社长的景丰兄：才思敏捷机智、待人和蔼，没有半点架子，其沉稳的外表下，蕴藏着一颗对生活对友情热爱炽热的心。尽管天气很冷，但听了景丰兄一席鼓励与教诲的话，心里竟觉热乎乎的。那次见面，景丰兄是属那种成熟且充满理性思考型的作家，因此作品给人的印象是厚实凝重的，其生活气息浓郁，显得极亲切自然，读后常令你产生一种亲临其境的感觉，这是可信。如果分门别类的话，景丰兄的散文就像其外表那样深沉、稳健而又洒脱自如。他的小小说则把机敏的个性，幽默、诙谐的语言表现得淋漓尽致。景丰兄的散文诗其意境的营造，就好似一片“美丽的沼泽地”那样令人回味无穷。因此，从总体来说，景丰兄的作品构思是精巧的，语言是丰富多彩且凝练的，对人物形象独具匠心的刻画，对自然和生命底蕴的开拓，对作品调侃“度”恰如其分的把握，等等，使景丰兄的作品大获成功。

我想若把《高高的白杨树》比作一棵南方所独有的根深叶茂的榕树，恐怕是再恰当不过的。因为这棵树所有一切表现自然人生尤其是生命的美妙和生命的遗憾的触须，都是根植于大地的，因此，极富于生命的活力。在一种不宣泄便得不到宁静的心境的支持下，景丰兄创作出一组极其令读者动容的亲情散文《高高的白杨树》《老屋》《遗憾》和《五婶》等。《老屋》作为一种生命的象征，其存在意义已远远超过了生命本身，因此，她永远存在“我”的记忆中，而且在不为我们感觉感知的世界里，仍然住着两个相爱半辈子的老人。全文写得尤为深情。《遗憾》通过叙述五叔的不幸谢世，抒发作家对亲人的追怀及决心是生活少一点遗憾的情感，扣人心弦。《高高的白杨树》可以说是景丰兄散文之代表作，那种对沉默父亲渴盼春天的心理的准确刻画，使人物形象栩栩如生，呼之欲出。引起读者情感上的强烈共鸣。景丰兄的散文最大的特点在于似散非散，收放自如，可见作家写作功力之深厚，及对生活材料提炼之精妙。

景丰兄的小说则独有另一番韵味，只要读者细心便可发现，景丰兄所写的都是身边的凡人小事。但由于独具匠心，那些小人物便栩栩如生，颇具代表性，即人物形象富有个性。如“漂亮的女邻居”“四川佬和小个子”“踏揉资的女人”等，另外，景丰兄在小小说方面还推出了诸如“六号楼铁事系列”“小镇人物系列”“何冬先生系列”等，都是一种独创，既注重系列性，又能独立成篇，纵横兼顾，立体交叉，不失为一种成功的尝试。

在景丰兄这些小小说篇什中，我认为写得较成功的有《称呼》，称呼是对人的称呼，本属一件非常简单的事，但世上却常有人把它复杂化，景丰兄入木三分的刻画，加上文笔的辛辣，语调的幽默、诙谐使得小说产生一种撼人心魄的艺术魅力，读后掩卷而思，发人深省。《接车》与《称呼》有异曲同工之妙，那种对时弊的无情抨击，尽在最佳不露声色的语调中。《爬行者——六号楼铁事》那位掌握实权的胡科长也属作家精心刻画的人物之一，却也活灵活现，那势利的双眼正是芸芸众生某一类人的真实写照。与上述篇章相反，《新调来的……》《升官以后》则热情讴歌了普通共产党员的高尚情操，这是我们党希望之所在，也够打动人心的。

可以说景丰兄的作品大多是以情动人。而且语言都是凝练的，那篇《关于黑塔的传说》诗化了语言，使读者得到美的享受及哲理思考。一句话，景丰兄的《高高的白杨树》不失为一本成功的佳作。

新鲜的诗情

我作为一位喜爱诗人何津作品的读者，多年以来，一直关注诗人的作品，通过赏析其作品我试图从诗人的作品中寻觅到一条诗人创作的心路。近日当我有幸读到诗人何津的组诗《新鲜的梦》(载《钦州湾报》1995 年 6 月 5 日三版）和《在故事的天地里》(载《海角文学》1995 年 6 月号）我分享了诗人创作的喜悦。仿佛触摸到诗人所作的《新鲜的梦》，她像中秋十五的皓月，很大很亮很圆也很新鲜。诗人所营造的故事天地很厚实，很广阔，在那里，世人展示了南国独特的山海情韵，点数了天上的星星，奏响了午夜的回忆。那浓浓的诗情，神奇的海之魂，加上畅达凝重而又细腻婉丽的诗风，形象生动的语言，以及优美的音韵节奏，和谐统一刚柔相济的诗体（形体）美，等等，赢得了读者的喜爱。

我想诗人何津在创作这两组新诗作时，一定倾注了诚挚炽热的情感，因而诗中所体现的“情”——无论是人间真情，还是借物托情，都情真意切，那诗情，暖融融，如温泉水；情浓浓，似醇香酒。《天上的故事》(载《海角文学》）的“牛郎织女隔着银河含情脉脉 / 讲思想和盼七月七的故事”，而“我”呢，则被一根《无形的线》(载《钦州湾报》）牵着，这根无形的线系住了“我的梦我的爱”，哦，世上还有什么比被人牵挂被人关心更幸福的事情呢？此情此景给人留下多少温馨、甜蜜的回味！而那首作为其中一组组诗表头的《新鲜的梦》，在梦中，“我新鲜的梦跟着我 / 我跟着我新鲜的梦 / 日子 / 弯弯曲曲坎坎坷坷走过 / 生命 / 风风浪浪起起伏伏延伸”诗人极亲切自然地奉献给读者的新鲜的梦，立体交叉似幻也似真，给人以多层面的审美愉悦和对深邃人生的哲学思考，具有一种撼人心魄的艺术魅力。

文为心声，诗如其人。明澈清亮的仑北河水孕育了诗人，挺拔俊秀的十万大山激励着诗人，雄浑壮烈的北部湾海风陶冶着诗人。据我所知，七年前，诗人何津的诗集《相思豆》荣获了广西区首届壮族文学奖，但在荣誉前诗人并未满足和陶醉，经过一番反思，他果敢地迈出了求索的双脚，实现了自我超越。次年七月，诗人何津在《广西文学》发表了一组有趣的诗作叫《迷人的地平线》，地平线作为日出的起点，日落的归宿，何其迷人，但偏偏迷不住已获得殊荣的诗人。六年前，当我读到这组诗时，我似乎隐隐感到了诗人搏动的心声"一定要走出幽谷，走出迷人的地平线"。而要超越自己是何其艰辛与痛苦的历程。为此，诗人数年如一日辛勤创作，艰苦探索，精于思考，于是从他心底流出一组组、一首首新作。数年之间，他出了两三部诗集。

我认为诗人何津的心血没有白费，汗水没有白流。他终于实现了自我超越，而且更重要的是诗人成功地把握了自我，使"我"自然而然地融入了作品之中，达到了一种崇高的艺术境界。就像《竹子开花》（载《海角文学》）那样，在"雨中的日子 / 飘绿滴翠 / 风中的岁月 / 拔节长高挺入苍穹 / 一生 / 仅有的一次美丽和辉煌 / 没有错过"，我不知道这是不是诗人巧妙地借竹子自喻，仅知道面对茫茫广宇天上人间，诗人动用了其敏捷的诗思，撒出了一张《神奇的网》，他不再满足于只在《海滩漫步》，在《夜海垂钓》，他要做一只《自由的精灵》"选定一个方向一条路 / 作响我视野以外的彼岸"，这是诗人何津执着的追求，诗人还发誓"有朝一日 / 要将这些传说 / 写一部长诗 / 就用风和浪的语言"（《神奇的网》等诗均载《海角天涯》）。为了完成这部尝试，诗人仰望夜空，放飞《思念》的小鸟，抚慰了《受伤的心》，奏响了《无题二重奏》，作了《关于影子的谈话》、收藏起《活页情诗》，为人世间的芸芸众生和大海的《浪》拍了十分精彩的《录像》，然后做了一个令人为之感动的《新鲜的梦》（上述诗作均是组诗中的作品，全部载《钦州湾报》），因为梦很新鲜，奉献给读者的诗情也很新鲜。

在文学作品中，从梦到现实，从现实到梦，不能不算个艰难的历程，尺度的标准，只有一把就是人的心灵，因而梦与现实有时相距很近，有时相距很远。诗人何津从现实出发，抒发了对人生对民族的热爱之情，也倾诉了返璞归真回归大自然，歌吟了本性为善的人性，概括地说就是《从梦里走到梦外》（载《海角文学》），从有形到无形，这大概就是诗人创作一个成功的历程吧。而且作为一名著名诗人何津，执着地追求要将自己奉献给读者的作品都是新鲜的。这是多么难能可贵呵！我想，唯其新鲜，才具有生命力。

当我写下以上文字时，恰逢中秋月慢慢地升上来了，整个神舟大地一片祥和与光朗，正是做梦的好时分……

与酒无关

多年以前，著名诗人李发模一部饱含血泪控诉的长诗《呼声》，引起神州大地无数有识之士心灵的强烈共鸣，而饮誉大江南北。今日，当我有幸读到发模兄《邀饮》等几首新的力作，深深感到发模兄诗中那种厚重的民族意识和忧患意识丝毫没有因岁月沧桑而有所改变。

众所周知，发模兄居住的贵州省遵义是盛产“茅台”酒的地方。豪爽好客的当地人民爱喝酒，作为著名诗人的发模也不例外。或许是处在酒文化十分浓烈的地方之故，发模兄也养成了“且看哪里有好酒／哪儿有好诗”(《邀饮》）边饮酒边作诗的习惯，而且“酒罢诗后／再野鹤闲云／无姓无名”，“管它／谁非／谁是”。的确，人世沧桑，人间自古多少事，谁能说清楚是与非？难怪郑板桥先生道出了“难得糊涂”的人生真谛。因而，诗人只好无奈地“遁于无中”。但是，诗人心里清楚“无”的境界或许更令人景仰。

醉后方知酒浓，当诗人发觉“玉液未变／筵席依旧／只是杯的耳朵更玲珑精巧”(《醉唱》)，此时“我们的壮心不已”已被“磨哑了”。结局是带有几分悲壮和凄美的。“愁时／以杯唱／乐时／以心哼／杯中有泪／心上血／只有酒最知晓／心最明了”，人生难免苦与痛，醉过了，经历过了，心中方知肩上的担子分量，诗人以自己独特的体验，以切肤之痛，谆谆劝诫芸芸众生中某些似醉非醉的人们，不要再沉浸在酒中白白浪费青春，损耗钱财与生命了。诗写得深刻，来得亲切自然，无半点说教，却深深打动人心，给人以启迪。

在此诗的基础上，诗人更深刻，形象生动地把“酒宴”比作旋转的“赌盘”，“世事”则兜着我们旋转再旋转，“问题伸长脖子／望我们／赢了／又输了。”(《兜圈》）三首诗各自独立成篇，又首尾相连，相互照应，一气呵成，读罢，使人的心灵产生强烈的震撼。发模兄喝酒写诗，把笔触深入人生深层的底蕴，解释了酒文明表层所掩盖的丑恶，就以上几首诗来看，均与酒有关。但就我个人的感受来看，发模兄的诗已远远超出酒文化的蕴含，从而创造出一种“无”的意境，显然这种写诗的功夫已在诗之外。因而我斗胆地说，发模兄的这几首诗似乎都与酒无关。尊敬的读者，您说呢?!

源于生活艺术的感受

静寂的秋夜，我伏在案头上，轻轻翻开了黎文新的“1989 年诗历”，“如果有一天，我们从自身的经历和原始的意识中确实感受到了换了雨痛苦的存在，那么，世界就不再是一种抽象概念的演绎阐释了……”渐渐地我被打动了。我惊喜地发现这位水电文学队伍中年轻的诗作者已经比较成功地摆脱了传统诗歌那种先天的主题的指定性的束缚，而表现出思想内涵的多义性和感情因素的丰富性。他终于“学会用掺杂着悲怆与矛盾的目光”，而且“站在古海岸大陆边缘板块站在东方之源的核心”来审视我们这个多灾多难而今已“成长为令世界为之侧目 / 令异族为之咋舌 / 为之击节鼓掌惊呼万岁的巨人伟人——中华民族”了。(《大地上的诗行——恒星三部曲之一》）诗中展现了作者较强的思想精神和开掘深层的理性色彩。带着对生活既热忱又冷峻的思考，带着对人生对哲理的体验，因而意蕴可以说是较凝重的，历史内涵较为丰富的，审美意识也较为新鲜的。整首诗作时空纵横，洒脱畅达，刚柔相济显然较为成功。

“森林是很久以前的事情 / 蓝鸟飞过 / 被落叶的情绪感染 / 你始信海水燃烧的火焰 / 有说不出的孤独和痛苦。”“世界的喧嚣之外 / 是灵魂的花环 / 安息的颂歌。”(《世纪之门》）生存的意义在于人类是神秘的事，追求顶峰的瞬间虽九死不悔，但在孤寂与痛苦的栅栏里，人活着的真正意义和力量每一代人仍苦苦探求着。这首诗同样也融进了作家较为孤独的人生体验和感悟。在艺术表现方面，作者有意忽略了对具体细琐情节的描绘，采用大跨度的跳跃，造成了诗的内涵与情绪间成朦胧流动，扩大了诗的容量，加重了诗的力度。

《房间，或虚拟的风景》似乎得助于作者的“流动意识”，“阳光 / 语言和文学满载着希望”而作为把守思想感情的铁将军——门的使者，“门铃”则“不绝于耳”，于是“台历 / 使人追忆起某些旧事”，于是“一切都有可能成为诗歌 / 成为无主题变奏音乐”，显然这一切亦归功于作者对人生体验之经验总结，归功于对生活的勤于思考和升华。而作者的弦外之音却是透过一切有序的房间风景，将思维旋于文学之外的无序去，“无”的造境或许更令人景仰。这在思辨性的诗作中并不多见，也够振聋发聩，惊醒人心的。

黎文新的诗作多致力于人类灵魂深层意识和瞬间意识的挖掘与开拓，就我看到这不薄的诗稿产生的印象就是这样。这似乎是中国第四代文化人的必由之路，勇气可嘉可叹。然而深刻的艺术终归于简朴与明朗，在黎明时分左冲右突久了更该有一轮太阳，清风当然也是拨乱反正的功臣。我想，作者唯一信奉和忠于的原则是劳动和创造，因此有理由相信黎文新的艺术感受是敏锐而深刻的。我想寄厚望的是在出新及选材方面还请多下功夫吧。生活中有的东西毕竟是非诗的，盼悟！

哲理之光在平凡中闪耀

青年作家沈祖连数年如一日在小小说这块园地里辛勤耕耘，取得可喜的成绩。从他近期发表在《广西工人报》的几篇小小说来看，大都带有令读者思索的哲理性，这标志着他的思想艺术在向生活一个深的层次推进，力图探寻现实生活的底蕴，无疑是个了不起的进步。

《虎乎？猫乎？》（载《广西工人报》1988 年 12 月 21 日四版）文笔诙谐辛辣，通过讲述一位堂堂的县委纪委书记，在为解决司机老婆的调动问题时，所遇到的种种刁难，关卡关系网的纠缠等等而“卡壳”的故事，生动地刻画了主人公“我”人格上的双重性（甚至多重性），有时“有如老虎”，但也有温驯的“猫”的一面，“我”在外边斥人，回家却少不了被老婆训斥。以致在这貌似简单的“调动”过程中，“我”的心态前后也大相径庭。小说之所以能打动读者引人强烈共鸣，除得力于对主人公“我”的心理流程的准确刻画之外，还得力于蕴含在生活底层的闹剧式的矛盾性与哲理性的深刻挖掘。

“煤是黑的，因为人们见惯了，它就不白了”，“面是白的……”，这本身也蕴含深刻的生活哲理。《生活的哲理》（载《广西工人报》1988 年 8 月 31 日四版）中，作家下笔不凡，巧妙地提出了一个看似不可思议、实则也是司空见惯的命题。勤勤恳恳为集体操劳呕心沥血的“老伍”，在本科评先进中竟榜上无名，而另一个从来没有为集体做过半点公益事的同事却名正言顺理所当然地荣登“红”榜。不能不算是一大怪事。这其中的奥妙，作家除了感叹“生活就是这么奇妙”之外，同样并未完全点名，余蕴让读者慢慢品味。

《残局》（载《广西工人报》1988 年 6 月 15 日四版）似乎与上述两篇小说在艺术表现上略有不同。它更多地借助景物的铺垫和衬托，以诗一般的语言恰如其分地制造了一种特定的氛围，以加重我与老者对弈“残局”的气氛。通过对弈“我”终于领悟了“动辄得咎”“欲速不达”“一位盘解的棋，望着可解，一旦解了，希望之光便幻灭了”的生活哲理。布局谋篇较为精致。行文也流畅，也更含蓄，因而相对也更给人以哲理的启迪。

一个“钱”字就搅昏了不少人的头脑。《机关的早晨》（载《广西工人报》1988 年 11 月 12 日四版）就是生动的一例。明知党政机关是不能经商的，但在某县政府机关的一个清晨，一个科室的八个人，一边喝着茶、翻着报，悠然自得地大谈生意经，连电话也懒得接。（好一副芸芸众生相。人浮于事，无所事事，深刻!）后来县长在救灾办里的电话传出火爆的声音，至此大谈生意经的“官员”才收场。两者形成鲜明的对比，振聋发聩。本文较多地运用对话手法，全文简洁明快，具有一定的现实意义。只可惜情节方面略显简单了一些。

小小说一般拙于重大题材的表现，所以，能够针对生活中某些哲理作一番审视，也难能可贵了。由沈祖连这几篇小小说所显示的文学道路，我以为是成功的。

善有善报　恶有恶报

近日在报上读到一篇文章的标题“日照一见义勇为官司终有说法——英雄蒙受不白之冤，法律撑腰还公道”，或许是笔者职业习惯之使然，我心中怦然一动，飞快地读完了此篇文章。事情的原委是这样的：1996年8月1日，中国轻骑集团日照摩托车厂职工王连全，在日照市第二海水浴场连续救出两女一男之后，精疲力竭，不幸被呼啸而来的大浪吞噬了他年轻宝贵的生命。读到此，作为一名法官不禁为英雄的壮举而深深感动。但是当我接着读下去，心情却格外沉重与愤慨！

“令人意想不到的是，被救者矢口否认王连全是因为救他们而死，被救的两女还诬蔑说王连全在教被救者游泳时，动手动脚耍流氓……向救命恩人大泼脏水。”读到此，笔者怒发冲冠，差点要拍案而起，试问这几个忘恩负义者还有点人性吗？

值得庆幸的是，为了讨回公道，王连全之父王荣昌毅然拿起法律武器，于1996年10月25日向日照市东港区人民法院提起诉讼。经过法院的深入调查取证，终于真相大白，1997年4月3日，法庭公开审理，对王连全舍身救人遇难的事实给予确认，并依法判决受益人纪照连补偿救人者王连全之父补偿费、生前抚养费和丧葬费1.2万元。被告者纪照连不服判决，向日照市中级人民法院提出上诉。1997年7月10日，日照市中级人民法院公开审理此案，裁定驳回上述，维持原判。到此，公正的法律为蒙冤受屈的英雄洗去了不白之冤。更可以告慰英灵的是1998年6月5日，在日照市委、市政府追授王连全“精神文明标兵”荣誉称号，并奖励现金一万元，号召全市人民向王连全学习。只是，对那些恩将仇报，大泼脏水的被救者，其泯灭的良知难道不应受到谴责吗？由此，笔者不禁想起两则故事。一则是这样的，不久前，印度有一个十五岁的男孩儿在萨尔河边洗澡，不小心坠入河中，由于他不会游泳，慢慢下沉。这时，正在岸边树上坐着一只猴子，见那男孩儿即将没顶，立即跳下河把孩子抱上了岸。当男孩子的父母赶到现场，要向救命“恩猴”表示感谢时，那猴子早已不知去向，孩子的父母无限感激地说：“是猴子救了我孩子的命啊！”这是一个善有善报的例子。而另一则故事则属恩将仇报的恩怨故事。

在印度南部崇山峻岭下，住着猎人巴巴拉。春天的早晨，他上山打猎跌进一个深四米，口小底大的深穴里，这里原来是蟒洞。大蟒进洞后巴巴拉吓晕了，醒来后，看到大蟒盯着他，他连忙给大蟒叩了十几个头，大蟒把他的枪甩出洞，然后连续三天把捕获的兔子、松鼠等送给巴巴拉，但是，他怎么也吃不下生兽肉。大蟒见到这一切便用尾巴把巴巴拉托出洞，巴巴拉得救了。

三个月后，一个动物园发现了这条大蟒，想出重金捕到它，巴巴拉在巨额奖金的吸引下，出卖了恩人。当巴巴拉悄悄出来看这条大蟒时，大蟒突然喷出一股黄色液体，击中巴巴拉的额头，从此他头痛昏晕，头部日夜发出一股溃烂的恶臭，不出两年巴巴拉终于死了。这正是，恶有恶报。这三个事例，是值得我们去深思的。

第四辑　文明花苑

文明，推动着社会的进步！文明，陪伴着每个人的成长！没有文明，我们还得重新回到古代的洪荒啊，失去文明，每个人都还是没有文化没有涵养的野蛮人！那么，该好好珍惜与我们生命息息相关的文明吧！从核心价值观学起、做起、践行起，每个人都加入文明大军的行列吧，用身心、身体力行参与创建文明城市共建美好家园！

文明花苑

丰园，在钦州市钦南区向阳街道年年丰广场后面，最近有一个小区吸引了广大市民的眼球，这个叫丰园的小区不仅获钦州市平安小区提名，而且在众多小区中排名进入前三名，令人瞩目。深秋的一天，我与街道葛书记结伴一起来小区探个究竟。

初阳刚刚升起来，穿过宽阔的街道，我们来到小区面前，一个巨大的茶杯喜迎八方客，怀着愉悦心情的我们，走进丰园小区，门口的标志石上写着鲜红的“丰之园”几个大字，休闲的业主三三两两正在一旁乘凉，小区内树木茂盛，绿草茵茵，小小的温馨提示牌写着，“绿草与文明同在，绿色与文化同步”。整个丰园空气清新。一座大水池四周立有几个石做的鸭子，鸭的嘴巴喷泉正在往外喷水，形象逼真生动。小区由六幢高楼团团围着。社会主义核心价值观宣传广告牌在灯柱、凳子、电梯间和水池边的巨墙上随处可见。将二十四个字的图说价值观像空气一般透进每个人的生活。物业由一个叫李经理的美女和她的团队负责管理和服务，进入明亮洁净的物管办公室，只见三幅人民群众赠送的锦旗挂在墙上，洁白的墙上还有一行字吸引了我的目光，上面写着，“业主的投诉是我们进步的阶梯”，投诉栏内密密麻麻记录着各种投诉和处理结果。我想当物管能想业主所想，急业主所急作为一种责任，没有什么不能处理好的。连着投诉栏物管还公布了不少服务项目，我大致数了一下，免费的占了近一半。不容多想便可得到这样的结论，当物管人义务为业主服务的时候，“和谐”和“友爱”，这个价值观里的四个字，不正在悄然地实践着吗？再往外看，美哒哒的墙上画着圣洁的荷花，儿童乐园和业主晨练广场就挨在一起。几个幼稚的孩子正在滑梯上往下滑，然后又争着爬上去，欢声笑语洒落一地。一位年轻的母亲正用手指着宣传牌上几个字“创建文明城市，争做文明市民”教她的小孩朗读。年轻的母亲声音柔和，普通话十分标准。让人心中舒畅。生活在这样的小区，阳光下的生活，一定会让人心旷神怡。我于是想，“什么时候我也有缘到这样的小区生活呀？”但愿钦州有更多小区都能像丰园小区一样！

文明是……

文明，是什么？是几千年传统文化大潮的汹涌澎湃，是儒家几千年根深蒂固的思想传播，是对仁义礼智信的褒奖，还是在月明星稀夜晚对逝去亲人的追思？或许是，或许也不是？

文明，是黑夜中独行客照亮黑夜的烛火？是寒冷中翩翩起舞的彩蝶，是牛郎织女七月七鹊桥中的遥望相守，还是怒发冲冠为红颜的壮怀激烈？是，抑或不是？那么，就想象它是满天的星光吧，寒夜中总会给我们一丝温暖，那么，就将它比作无所不在的空气吧，只为让每一个生命更好地呼吸。

文明，几千年古老的文明哦，你孕育着伟大的中华民族，让每一个中华儿女，都学会对自然法则的遵守和对生命的尊重！

文明，推动着社会的进步！文明，陪伴着每个人的成长！没有文明，我们还得重新回到古代的洪荒呀，失去文明，每个人都还是没有文化没有涵养的野蛮人！那么，该好好珍惜与我们生命息息相关的文明吧！从核心价值观学起、做起、践行起，每个人都加入文明大军的行列吧，用身心、身体力行参与创建文明城市共建美好家园！

文明，需要你的洪荒之力呀！文明，催我们奋力前行！

文明，总在刹那间

一间一间总关情，娓娓道来说文明。

——题记

笑语之间

初冬的钦州，风还是比较强劲的，冷风给人的感觉是有点刺骨，但此刻我的心却是暖暖的。为倡导移风易俗，推进乡风文明建设，我来到钦南区久隆镇王海村，那是一个自然村，仅七十来户，三百余人，舞台正中央一幅巨大的笑脸图深深地吸引了我的眼光，那是由七十多张笑脸组成的笑脸谱，脸谱中间是四个大字“王海笑脸”，旁边则有两句解说，“一种种表情记录欢乐瞬间，一张张笑脸汇聚和美村风”。说实在的，我被这一张张笑脸深深打动，被一张张笑脸深深吸引。

人生在世，喜怒哀乐，笑是内心世界最为真实的一种自然流露。

我忽然想起一个小故事，据传古代曾有一位老将军，因为种种原因常常发怒，因而身体不适。为治好他的病，一位高明的大夫给他开了一张药方，令人惊奇的是药方上并没有写明将军该吃什么药，只写上将军的症状名称叫“月经不调”。从不言笑的将军，忍俊不禁，哈哈大笑起来。令人啧啧称奇的是将军的顽疾居然好了，从那以后，每逢将军遇到不开心之事，只要拿出这张神奇的药方，一笑了之，一切烦恼便会烟消云散。

虽然我们无法考证这个故事的真伪。但有一点是可以肯定的，生活在王海村，山清水秀地干净，乡里乡亲团结和睦，生活富足，日子圆润，每个人心中充满幸福感，获得感，一种我骄傲我是王海人，我自豪我是王海人的使然，汇聚成每一个人心中幸福的海洋，洋溢在每个脸上的是灿烂的笑容！笑，是一种春风，哪怕是再寒冷的冬季，你的心里都会乐呵呵，暖融融。

说完了乡村偶见，我又到了市区转转，一不小心，走进了钦州市红十字医院。

这是一个综合性医院，高高的医技大楼高耸入云，站在美丽的钦江桥畔，它就是钦州市妇幼保健院（钦州市红十字医院）。当你走进医院大堂，耳边立即传来一声悦耳动听的亲切声音，“先生你好！有什么可以帮助你的？”话音刚落，一位美丽的导医姑娘，笑眯眯地来到身边和你打着招呼。此时不用我说，你肯定会真切感受到，大医精诚的精神和保姆式的服务是如此的贴心！一语，如春风吹来温暖；一语，可以让人世间的坚冰打破；一语，令你有种宾至如归的感觉！所以，当一对年轻的夫妇拿着一幅上面写着“医术精湛，细心呵护；医德高尚，堪称楷模”的锦旗要送给医院领导，一切感激之情只汇成两个字，“谢谢！”（原来该院医生刚抢救过夫妻二人年幼的儿子。）此时一切语言都无法代表夫妻二人的感恩之心，医者仁心，救死扶伤的精神得到淋漓尽致的诠释！古老文明得到了新的升华！在场的群众无不深深感动，一遍一遍鼓掌表示对白衣天使的敬意！

大千世界，又有什么比生命更为重要。当电子屏幕清楚地显示 2016 年 12 月 16 日 11 时 56 分欢迎你，在本院降生的第 50589 位宝宝，庆祝你的宝宝开始人生的第一步！我不禁要为这家充满温馨和人性化的医院欢呼和点赞！亲切的笑和无声的语言，彰显大爱无疆。文明礼仪，是一个单位文明综合素养的体现，文明礼貌，谈笑之间，涓涓小溪汇成大海，文明春风会伴随人们亲切的问候，深切的关怀！在钦州大地萌芽，开花，结果，直至长成参天大树！

啊！令我梦中向往的笑语之间。

瞬秒之间

宁停三分，不抢一秒，懂得驾驶的朋友，不会不知道，这样一句广告语。而就是这么一句简单的话语，让多少人心里都是暖暖的。实际上，抱着这样的念想，做到宁停三分，不抢一秒，亦可以避免不少不必要的摩擦和冲突，让道路更通畅。

值得一提的是广西首府南宁市率先在全国实施礼让斑马线行动，司机大佬们的自觉行为，礼仪之邦感动了不少南宁人，一时间文明之风吹遍了南宁的大街小巷，让老人孩子深切体会到礼让的便利和春风的温暖。

美丽钦州，向南宁老大哥学习，礼让斑马线的行动正如火如荼开展，或许是得益于古老文明的熏陶，钦州城的礼让行动开展得非常顺利，每次经过的人们都会自觉礼让，将宁停三分，不抢一秒诠释得非常完美。从此以后，经过斑马线的人们不再战战兢兢，文明之都礼仪之邦的形象正渐渐显山露水。有理由相信，随着创建全国文明城市的深入，人们会彼此相让，予人方便，自己方便，大爱钦州，必然会更加美丽，宽广的胸怀会深情拥抱全国各地的来宾，展现钦州亲近东盟，和谐共赢的气魄，深受人们酷爱。

建议每一个人都要从礼让一秒做起。宁停三分，彰显你的文明与礼貌；不抢一秒，你的素质会定格在伟大的一秒。

我们姑且称之为一瞬间……

一瞬间，伟大的一瞬间，或许决定人的生死。

一瞬间，短暂的一瞬间，你或许选择坚持，或许选择放弃。

央视曾经播放一条让每一位中国人灵魂震撼的广告宣传，你一瞬间的不文明，破坏的不仅仅是风景。据了解，这条广告的时长是最短的，但收到的效果是最强烈的。每个人情不自禁都深深地思考，每个人不由自主都在深刻反省，面对大千世界，伟大的一瞬间，做到文明了吗？这就是文明的力量。如汹涌的波涛，拍击你的心扉，撞击你的灵魂深处。

当你怒火中烧，在一瞬间，你或许会智商为零，失去理智，或许会骂人，冲撞，或者作出不文明的举动；当你面临不文明的人对你进行攻击，辱骂，此时此刻，你能否做到泰然处之，或者像古人某某一样，不为所动，一笑了之。一瞬间，由于时间急速，事发突然，考验你的文明素养的时候到了。如果你能做到内心平静，波澜不惊，从容应对，那么你肯定是达到了文明礼貌一个崇高的境界。文明，亦在一瞬间，不急不躁，不随便吐痰，不骂粗口，不看扁他人，尊敬长辈，团结同事，文明礼貌之风，渐渐会蔚然成风。你一瞬间的文明也会影响他人，成为钦州一道亮丽的风景。为了伟大的一瞬间，为了这瞬间成为永恒，让我们共同去努力吧，都做一个文明人！

草鸣之间

绿茵茵的草地，草是令人怜爱又珍惜的小生命，爱草的人们时刻不忘保护小草。可不是嘛，草地上人们用小广告形式写着一句这样的温馨提示，“茵茵绿草，脚下留情。”人非草木，岂能无情，大凡看到，人人走过草地都会小心翼翼，生怕一不小心就会吵醒小草甜蜜的美梦。爱美之心人皆有之，珍惜小草人之常情。

然而，正如笔者所说那样，大千世界，有善也有恶，文明之对立面就是野蛮，因而每当某些心怀恶意的人来到草地，倒霉的总是纤纤生命的草儿。笔者不禁要问：什么时候每个人都来疼惜怜爱这些纤弱的小草？加倍呵护以帮助它们健康快乐成长，将草儿作为美化家园的重要部分，作为美景点缀我们的家园，则自然与和谐就会和文明深入人心。青青的草儿，同样可以承载文明的理想，让山更青，水更绿，青青草儿无忧无虑地成长！

如果说草儿也能反映我们的内心，那么，忙碌了一天生活的人们内心更是渴望着一份宁静。然而，随着经济的繁荣发展，体现在城市车辆的增多，人潮涌动，车辆更是车流滚滚，多数城市的做法是在市区里设禁鸣！

有了规定，大多数人都能按规定执行，禁鸣就不鸣。宁静给城市增添了不少美丽的色彩。让人们觉得生活在这座城市舒适，生活惬意。每天晚上的觉睡得美美的，梦做得甜甜的。

然而，不讳直言，现实生活中，有个别一些人是不遵守游戏规则的。明明路标上设有禁鸣标志，当偶尔有车行驶速度慢点，便十分不耐烦地在后面猛按喇叭，弄得鸡犬不宁。如果是在白天尚可以受得，如果是夜半三更，夜深人静，猛一个喇叭按下去，会让人在梦中惊起，甚至不知道发生了什么事。这无疑是典型的不文明行为，客观真实地反映了一个人的素养。为了你我心灵中的那片宁静，为了共同的美好家园，为了共同蓝色的美梦，请努力做到手下留点情吧！

文明，也在一鸣间。

这也是我从青青绿草，写到汽车鸣声的原因……

灯忍之间

文明，恰在一灯间。

不要以为我是别出心裁，也不要以为我是异想天开。文明与灯光的联系的确太密切了。会驾驶的人们清楚懂得，夜行时车灯实在是太重要啦。这里不得不提两种使用最多的车灯——远光灯和近光灯。按常识，远光是为了照亮更远方才开启，一旦有车相会车时，文明礼貌的人往往会关掉远光，改打近光，便于对方看得到前路，便于驾驶。但不讳言，偏偏有些不文明的司机，不仅不主动关灯，还私自将远光灯改成强光灯，会车的时候故意远远就打开了，直照得对方无法看见，有时造成险象环生，却以此为乐，实在令人吃惊。

所以，文明恰在一灯间，列位看官肯定不少有同感。不仅如此，作为灯光，除了照亮路途之外，灯还给予人们温暖与力量！寒冷的冬夜，如果你是孤单一人，经过一片荒野，猛然抬头出现一片星光，那就是指引你前行的明灯呀！甚至有时哪怕是一只小小的萤火虫，也是你生命中一个令你倍感亲切的灯。古代曾有凿壁借光的动人故事，现代生活中，人们处处也离不开灯。走到十字路口时，指挥你停止或前进的也是灯，那是我们再熟悉不过的红绿灯。红灯停，绿灯行，黄灯等待或小心通过，这些小朋友都明白的道理，却偏偏有人爱闯红灯，那是用自己的青春和生命开玩笑哇！说白了就是典型的不文明。

文明，恰在一灯间。让你我都遵从自己的内心，尊重每个生命的尊严吧！不乱打远光灯，更不冒险闯红灯，做一个文明的行者吧！文明之灯就在不远方，正圆圆满满照亮着，那里还有诗歌和梦想！

文明，确在一忍间

忍一时之气，让一步海阔天空。忍，并不是懦弱，而是一个勇者；让不是向他人低头，而是大度待人。现实生活中，聪明的夫妻，不论任何一方，只要珍惜缘分，懂得感恩，知书达礼，就会惜缘，懂得忍让，这样的夫妻就会关系牢固，爱情甜蜜。反之，有的夫妻，眼中容忍不了半粒沙，凡事不会相让，争强好胜，钻牛角尖，恶语相向，甚至有的上演全武行，大打出手，令夫妻二人关系落入冰点，形成陌路人，既伤透了心，也冰冷了情。

文明，确在一忍间。的确其中有学问。古代娄师德身为宰相，却素来低调做人。懂得以礼相让，从来都是遇事冷静，骂不还口，打不还手。以至一次被一个江湖小混混儿，追着辱骂“娄师德，你这个畜生”，旁边的仆人都看不下去了，想要制止，娄师德笑着说：不过是同名同姓。围观者无不感叹，宰相的肚子能撑船。忍，说到底，从根本上反映一个人的涵养，说白了，就是是否文明。能忍让的是文明人，不能忍让的，为不理智者。为了钦州的文明创城，且让我们都来学一学忍让吧。让一步，海阔天空。

文明，确在一忍间。

文明钦州，抵制小广告

城市的文明来源于细节上的完美。

近段时间来，钦州比原来更漂亮了，街道宽敞了，明亮了，也更整洁了，绿树上一束束怒放的鲜花盛开了，斑马线上，人们经过时，绝大多驾驶员都能够礼让。

整个城市创建全国文明城市的氛围浓厚了，大街小巷，到处是图说社会主义核心价值观，文明交通，文明旅游，文明义举榜，出租车上的电子屏播放创建全国文明城市，争当文明市民的宣传标语，还有青年志愿者服务。一个个感人的画面，形成一道道创建文明城市的亮丽风景线。

然而，与文明钦州格格不入的是一些违法小广告。由于受到利益驱动，这些违法小广告仍然是较为猖狂，不仅贴上了商家门口，围墙，报亭，电话亭，公厕内，甚至连一些机关单位乃至政府大门都成了张贴对象，推销产品，甚至是公开叫卖电棍、迷药、手机监听卡，等等。内容是五花八门，简直是无法无天。

笔者认为，违法小广告损害的不仅是一个城市的形象，更由于小广告是一种恶疾，此种“牛皮癣”不用猛药医治是无法从根本上治愈的。所以建议工商、公安等职能部门加大打击力度，也学学先进地区的做法，以政府的名义发布整治通告，限期整改，对拒不自行清理的，公安机关将联合通信运营商采取暂停、注销其在张贴、涂写广告中标明的电话号码的使用等措施，对拒绝、阻碍小广告综合治理以及利用乱涂、乱写、乱张贴小广告，从事诈骗和办理假证照等违法活动的，移交公安机关依法处理。构成犯罪的依法追究刑事责任。

从源头上根除，整治违法小广告，达到既治标又治本，还文明城市一个本来面貌，这才是我们共同的心愿。

嘴舌之间

想写这篇小文的念头，是冬日的某一天偶然看到《新闻早餐》里的一篇文章，标题是《命好不好看哪里——嘴》。文章第一句话其实就揪住了我的心："一个人的命运好不好，从他有没有口德就看得出来。"我于是陷入了深思。

人生在世，嘴是用来说话的，舌是用来品尝人生酸甜苦辣的。这或许是妇孺皆知。从常识来看嘴离不开舌，舌也无法离开嘴，它们是相互依赖的，正如唇齿，唇亡齿寒正是同一道理。从我们咿呀学语开始，据统计绝大多数人能清晰表达的第一句完整的语句就是"妈妈""爸爸"。那是人类对伟大母亲的爱和尊重，那是人类对雄性太阳的崇敬，而且由于感恩父母的养育，这种情感肯定是发自内心，是从灵魂深处发出的语言，只不过通过嘴巴表达出来而已。人渐渐长大，受到的教育熏陶也各有不同，如果是从小在良好的教育环境下长大的孩子，自然是文明礼貌，对人友好，见到长辈都会主动打招呼，问好！俗称该孩子"嘴巴甜甜的"。相反，如果是父母常在孩子面前争争吵吵，带给孩子的影响必然是负面的。

忽然有一天看到一位朋友在朋友圈上感慨，用嘴伤害人，是最愚蠢的行为。为何要伤害人？竟然是因为看人家不顺眼？为何看人不顺眼？无非是自己修养不够，抑或是妒忌心作祟！所以那位朋友的结论是：嘴，很重要。人这一辈子缺德的事情不会天天做，但缺德的话、难听的话可能会天天说。因此，要做文明人，就要积口德，管好自己的嘴。

这边唱来那边和，说嘴之后不能不说说舌。中央电视台曾推出一个系列节目，叫"舌尖上的中国"，播出之后虽然称不上万人空巷，但却可以称之为一档非常受人欢迎的节目！毕竟是民以食为天呀。可以说舌是人一个最能首先体会到酸甜苦辣的器官，离开了舌，你就无法体验到人生的幸福与欢乐，这恐怕不为过。同时舌尖还体现一个人的文明素养。如果至今天还是大吃大喝，挥霍浪费的话，那么答案只有一个，就是典型的不文明！

据央视报道，全球每天所浪费的粮食，足可以救助甚至帮助3000万贫困人口摆脱贫困，这是一个多么可怕的数字！想象中国还有几千万贫困人口，摸摸你的良心，还不应该从杜绝舌尖上的浪费开始吗？管好你的嘴，多留些口德！“知人不必言尽，留三分余地与人，留些心得与己；责人不必苛尽，留三分余地与人，留些肚量与己。”“言为心声，不论人非”，对人多赞扬多鼓励，多发出鼓励赞扬别人的声音，你褒奖别人的同时，实际上也在褒奖自己，因为你做到了语言上的文明，重要的是你管住了自己的嘴！与此同时也请你注意自己的舌，舌尖虽小，却也体现大大的文明！

嘴舌之间分明折射和谐与文明，让我们从嘴舌做起，不多嘴多舌，更不能诅咒他人，人人勤俭节约，争做文明人，则你我身心健康，家庭幸福，社会和谐，你我将会迎来一个全新的人生。

因文结缘

欣闻钦州市社科联即将迎来成立二十周年的大喜日子，作为一名业余从事社科工作的普通一兵，也想借机说一说我与社科联的美好情缘。

大约三年多以前，我仍在钦南区扶贫办任主任，偶尔一天，我到市扶贫办张炳东主任办公室汇报工作，忽然市社科联主席阮成武，秘书长许兆满走了进来。因为大家彼此都比较熟，坐下来后，阮主席便说明来意，希望与市扶贫办联合举办一期扶贫攻坚发展论坛活动，采取征文形式，最后评出一二三等奖若干名，获奖论文将结集出版。还没听完阮成武主席细细述说，张炳东主任当即连声表示非常好，张主任对我说，“向东同志也写一篇，支持一下！”我立即表态一定完成任务。自然而然与社科联便结下不解的美好情缘。

事后我除了发动全办同志积极参与外，开始动手收集资料，针对当时钦州市扶贫工作的实际情况，提出了《建立钦州市精准扶贫工作机制刍议》，运用比较客观真实的数据和实例，对钦州扶贫现状进行分析，对扶贫机制落后的主要原因进行解剖，从而对精准扶贫与粗放扶贫进行科学的比较，有针对性地提出必须从探索致贫原因入手，解决导致贫困的思想、环境、资金问题，从根本上解决发展难题，保障群众根本利益，标本兼治，因此，深入研究建立精准扶贫工作机制，才能从根本上解决绝对贫困问题。找到问题结症，我于是大胆开出“药方”（简称三点建议）：一是明确精准识别扶贫对象是建立工作机制的前提，二是明确精准帮扶贫困对象是建立工作机制的关键，三是加强精准管理是建立工作机制的保证。三点建议中提出了许多新思路，新措施，如“六到农家工程”，因户施策，资金到户，结对帮扶，建立联系卡，等等，即便是至今对精准扶贫工作仍有一定的指导意义。

我的这篇论文（调研报告）在论坛中荣获三等奖，同时荣获市人民政府2015年全市哲学和社会科学优秀成果奖三等奖。这对我是一个巨大的鼓励。

2015年5月，钦南区扶贫办联合钦南区社科联举办“钦南区扶贫攻坚发展论坛”，活动得到全区各单位的大力支持！时任区委常委、宣传部长、副区长的黄志毅同志亲自担任编委会主任，经过专家评审共有十七篇论文分别荣获一、二、三等奖，我撰写的《略论精准扶贫》荣获一等奖，同时荣获钦南区首届哲学社会科学优秀成果奖二等奖。

经过努力，我和区社科联张相兵主席一起担任论坛获奖论文集的主编，将全部获奖的十七篇论文结集出版。由于精心编辑的论文集印制精美，图文并茂，得到领导和广大同人好评。

此后，我有点一发不可收，先后完成了《山东省潍坊市发展休闲农业对我区的启示》《他山之石可攻玉》《关于做好精准帮扶的几点思考》等论文，这些论文后来收入我的《论文选集》（钦南论坛第二卷）。其中《关于做好精准帮扶的几点思考》荣获“钦南区第二届哲学社会科学优秀成果奖”二等奖，其他几篇还分别获奖。

因文结缘，因文产生一次又一次写作的冲动，我一次又一次涉足哲学和社会科学，从中也学习收获到不少好东西。

由于与社科联结下的美好情缘，我对社科工作亦尽我的微薄之力，给予关注和支持！

由钦州市文明办主办，由市社科联承办的钦州市道德讲堂总堂一至三期，我一期不落，认真倾听，还将其中精彩片段拍摄出来制作成《美哒哒——钦州市道德讲堂侧记》之美篇，每篇附一百张照片和大量文字说明，图文并茂，作为日后道德讲堂学习借鉴使用和资料保存，亦得到领导同志们的好评。

因文结缘。由于受我的影响，我的爱人也提笔写了十余篇论文，其中几篇还先后荣获自治区、市、钦南区论文二、三等奖和优秀奖。市社科联的社科杂志某期同时刊登我和爱人各人的一篇论文，为此，有一个朋友开玩笑说：“你们这是夫妻双双把家还呀！”与社科联多年以来结下美好的情缘，就是那样有趣，我和爱人都表示一定要好好珍惜之！壮哉！市社科联！祝福您二十岁生日快乐！继续健康成长！长成一棵参天大树！

我的文学之路

我从小爱好文学，从中学时候开始达到了痴迷。有一次上语文课陈瑞元老师布置作文，是模拟高考考试二选一，陈老师说，“同学们，今天我们是按高考作文的要求，两道题中，建议大家选其中一道相对熟悉，相对有把握的题目来独立完成，一个半小时后交卷。现在开始作文。”我看了看题目，依照老师的话选了一道自认为比较熟悉，比较有把握的题目飞快地写了起来，不一会工夫便完成了作文。我一看时间还有一半，于是我立即又写起了第二篇，并且也很快完成了。交卷时，陈老师发现我不按规定二选一，严肃批评了我，说，“这是违规不能得分的。”我心里想，“我只是想借机练习练习我的速度而已。”靠着对自己的日常训练，高考那年据说我的作文几乎得了满分。语文成绩得了个全县考生第二名（仅比考上北京大学的文科状元少零点几分），让陈老师也从此对我刮目相看。

那一年我在迎考的同时，极大的兴趣放在写作上，给全国有名的南京的《青春》杂志投了不少诗歌、散文，其中散文《木棉花啊英雄的花》得到了编辑老师的高度评价，《青春》编辑部的老师们的确是非常认真负责，做到每稿必复，每信必回。他们中肯指出我的不足，信中说，“文学作品毕竟有异于一般的写作练习，一定是作家用心灵写出来的东西。而要做到这一点，生活是十分重要的，要学会从生活中提炼，从生活中思考。”老师的信让我清醒地认识到我的不足，那就是缺少生活和缺乏对生活的历练。虽然当时我未能敲开《青春》的大门，我甚至不知道指导我的老师们姓甚名谁。但我铭记他们的教诲，一直珍藏着他们给我的回信。这为我日后的创作打下了坚实的基础。

在我文学奋斗的道路上，我可以列出一串长长的帮助过我指导过我的老师们的名单，有启蒙时候的陈瑞元老师，蔡长耕老师（发表我第一首诗的），苏虎棠老师（也是钦平兄弟），英年早逝的叶茅老师（原《广西工人报》编辑，青年诗人），蔡旭老师（原《广西工人报》副总编，散文诗作家），田景丰老师（广西散文诗学会会长，作家，诗人），再到后来的龙先林老师，杨松老师，徐汝钊老师（徐、杨两位恩师应该是我加入广西作家协会的介绍人），杨克老师（广西著名诗人），等等。

与英年早逝的叶茅老师相识是近三十年前了，叶茅老师负责副刊，我是骨干作者，自然而然联系多了，后来《广西工人报》评比出优秀通讯员，我有幸作为通讯员代表参加了《广西工人报》在南宁大王滩举行的笔会，从此认识了好友张伟军、陈智聪、文友李绿江等。文友们是一见如故，亲如兄弟。叶茅老师对我非常友好，经常发表我的作品，对个别质量不够的诗作则详尽提出中肯的修改意见。而他出版的第一本爱情诗集《无恋的痴情恋人》，我算是最早能拜读到的人之一，为此，我写了一篇评论叫《无恋的恋人更痴情》，叶茅老师看了，说，“向东如果往文学评论的道路上发展，一定会成为评论大家。”这当然包含鼓励的成分，但我始终记住叶茅老师的话，珍藏他为我诗歌提意见的稿件，只可惜，后来叶茅老师不慎突发脑出血，英年早逝，直到多年以后张伟军、李绿江来钦州才告诉我这一不幸的消息。我深刻体会到生命无常，活着的人要好好珍惜！而今我手上珍藏的这篇评文，算是对叶茅老师当年提携指导的一种纪念。

还有田景丰老师，我的第一本散文诗集《轻轻地对你说》之所以在九十年代初能收录进中国久久散文诗大系和丛书里，全靠这位我称之为“景丰兄”的老师指导帮助才能完成！我凭借大系和丛书的散文诗作品于九十年代加入广西区作家协会，成为当年广西法院系统唯一的作家（后来莫予才从文联调到法院，才有第二人），与景丰兄的情谊一直维系了多年，景丰兄也是多面手，小说，散文，散文诗，文学评论都写得十分出彩，主要作品有小说集《高高的白杨树》《漂亮的女邻居》，散文诗集《未曾相约》等近十部，属于多产作家。景丰老师是个热心肠，除了一直指导和帮助我之外，还培养了不少作者走上文学之路，在文学界是个作品人品口碑都很佳的作家、诗人。还主编了《中国散文诗大系》《中国久久散文诗丛》等多部作品，令人敬佩。

而蔡旭老师是《广西工人报》副总编，著名的作家，诗人。我的散文诗

《碰碰车》《失效的蚊香》等一批有一定思考和生活哲理的篇什都是经蔡旭老师之手发出来的，蔡旭老师后来因工作需要调到《海口晚报》工作，还给我寄了一封信，附有一张他在黄果树飞流瀑布下的留影，并有他的亲笔签名，令人感动。

我在文学道路上奋斗就是得到这许许多多老师的帮助和支持！这是我创作源源不断的动力！

文学创作来源于生活又高于生活，正如人们常常说的，“功夫在诗外”。一点不错！在这里有几位领导是必须提及的，1997 年我的第二本作品集《十年一觉作家梦》出版，时任钦州市中级人民法院党组书记、院长刘纪炎同志亲笔为作品集写了序言，序言发表在最高人民法院《人民法院报》上，标题为“向东和他的法官作家梦”，这对我来说是何等的鼓励和鞭策。值得感恩的还有 2000 年努力向自治区高级人民法院力荐的雷建章（后任自治区政法委副巡视员），黎立坤（时任自治区高院研究室副主任，《广西审判》总编辑），才有我借调到省高院担任《广西审判》编辑一年的机缘。我非常珍惜和他们的缘分，拼命工作拼命写作，那一年在国家级、省级、市级所发表文章七十多篇，其中在广西的《南国早报》整版整版地推出特稿，用稿千元千字，十分苛刻的《知音》也上了我的特稿，算是创作丰收之年。那一年我考上西南政法大学民商法研究生，只可惜当年十月一向疼爱我的父亲不幸被病魔夺去了生命，在我的心灵上划了一道伤痕，很深很深，很痛很痛。尽管如此，我并没有消沉，我还光荣地担任了当时自治区党委机关刊物《广西工作》的特约记者，为机关刊物写出不少有分量的作品，因而也认识了黄滨博士、小钟编辑等好友，为创作积累更多人脉资源。次年因种种原因，我离开了省城，回到工作多年的第二故乡钦州，组织上为了发挥我的写作特长，将我安排到市委“三代办”工作，从而认识了好领导、好导师何敏成（时任市委组织部副部长，市“三代办”主任，现任市政协副主席，市工会主席），他充分信任我的工作，教会我如何办事办文，尤其是高调工作，低调做人，在他身边一待就是四年，走遍了钦州广大农村的山山水水，知道人民群众的生活疾苦和风土人情，为日后的创作又打下了基础。在“三代办”工作天天都是那么开心，我将所思所想尽情写了出来，敏成主席多次指导并精心修改，2003 年我的第三本作品集《生命的真义》在广西人民出版社出版，为我的创作添加了浓墨重彩的一笔。我常常想这或许可以告慰父亲大人的在天之灵了。生命在持续，生活不断演绎着人间的精彩。跟着何主席学了四年，功夫完全在诗外。回到中级人民法院我从立案庭调到民一庭工作，真真正正体验到法官审判的崇高责任感，当年我被政治部推荐为五好法官，十佳调解能手，那一年我庄严地在党旗下宣誓，我光荣地加入了中国共产党，成为一名预备党员。我在奋斗的道路上又迈出了坚实的一步。

以后的十年我在《十年磨一剑》一文之中有所表述，在此不再重复。2016年在凤芹本家主席的帮助和支持下，我出版了第四本作品集《南方雨韵》，而今第五本《爱情石缘》正在收集整理之中。人活着就是要奋斗，奋斗就是要活出精彩，活出价值！这样的人生才显得有意义。生命不息，则奋斗不止！

学会点赞（外六则）

常常在茶余饭后，有的朋友发信过来请帮忙点赞什么的。我一般都十分乐意效劳，同理如果遇到亲朋好友需要人帮忙时，我也乐意帮忙转发，毕竟是一传十，十传百，众人拾柴火焰高，团结的力量是强大的。一来二去，有朋友开玩笑称呼我为“点赞专业户”，我心里还是挺愉快的！毕竟助人为乐，君不见南宁精神“能帮则帮，马上就帮”是那样深得人心。

其实为人点赞不过就是举手之劳，当你学会常常为人点赞，用欣赏的眼睛看别人时，你会忽然发现，“天空是那么蓝，小草是那么绿，花儿是那么红，人世间是那么美好！”朋友，动动你尊贵的手吧！或许是当你点赞别人时，有时实际上是点赞自己。从小事开始，从身边人开始，给他们肯定，一个微笑，一个大拇指点赞！你会慢慢体会到幸福与欢乐！我其实是今年二月八号才开始学习编辑写作美篇了，选择了当天上午与三和兄弟去畅游钦州园博园的一组镜头，那天阳光明媚，清风徐徐，游人如织，川流不息，一个个陶醉在秀美的景色之中，流连忘返，充分享受大自然美景和纯净空气带来的欢乐。我的内心十分感动，拿起手机记录了一个个美丽动人的画面。当晚我有点自学成才的味道，编辑了第一个美篇，自然而然三和兄弟是第一个为我这个美篇点赞的，三和兄弟编美篇已经有一年多的经验体会了，他的肯定，对我来说是个激励，而今我们从兄弟又多了一层关系——美友，常常一起交流美篇体会，文字说明还有摄影角度，我的粉丝有将近八百人，我关注的美友也将近七百人。在美友中除三和兄弟外，晚风老师和小南老师常常留言为我点赞，令我动容。正是体会到为人点赞的乐趣，我也自觉地为其他朋友点赞，有时哪怕是一些陌生的朋友，只要是作品好，积极向上，也为他点赞，并从中得到一种慰藉。

学会点赞，从点赞开始，做些好事，仅仅是举手之劳，有时会收获到满满的欢乐。朋友，何乐而不为呢？文末我想借用诗人祝迎的两句诗更进一步表达内心，“凡尘有爱，我也有，我要为你的诗歌点赞！”

学会给予

善良的人总是舍得给予人帮助的人。我敢肯定，哪怕他自己亦有困难，但是由于心中装着大爱，所以他往往会在力所能及的情况下，给予人帮助。于是有人称赞说，“予人玫瑰，手留余香”。

从小，我在家里，父母亲总是殷殷教诲我，“帮助别人，其实就是帮助自己。”我记住父母亲的话，从小就学会给予。隔壁的老奶奶腿脚不便，我便常常替她打开水，晒衣服等，每次我这样做了之后，老奶奶总会笑眯眯给我两个字，“真乖！”听到老奶奶的称赞，我心中很是愉快！上学之后，每逢发现同班同学有困难，我总会第一个伸出援手，尽管自己家里也并不富裕。由于助人为乐，老师同学们对我都十分赞赏，从小学开始我便担任班干部，先从学习委员做起，然后一直都是当班长。学习委员其实是替同学们收作业，将老师的要求第一时间传达到同学们的“老黄牛”。我默默无闻地为同学们服务着，一直做了两年，全班同学积极向上，学风纯正。两年后同学们一致推选我为班长，从初中、高中至大学，同学们亲切地称呼我“你这个老班长呀”。参加工作后，我有一次在《广西日报》上看到一则消息称一个人民教师被暴徒殴打，当地居然无人处理，我运用所学法律知识投书《广西日报》为老师声援，《广西日报》刊登了我的评论《法律理应保护教师》，此文发表后暴徒终于被严惩，后来区内外有群众遇到类似事情，他们都会写信给我要求帮助，我都会热心给予帮助。有一天首府一位朋友在微信上对我说，“远方有一对可怜的姐妹家里困难，难以支撑。”闻讯我立即捐献出我刚刚微信获奖的两千元，以解她们的燃眉之急。隔壁单位一个刚刚参加工作的女孩儿不幸得了白血病，我二话不说，捐献了六百元，帮助她战胜病魔，后来听说女孩真的转危为安！我的心中别提有多高兴啦。黄屋屯有两个孤儿家境贫寒，我知道后，除给予力所能及的帮助之外，还多次组织陪同爱心团队到孤儿家中奉献爱心，捐款捐物，直到他们走出困境，生活日渐好转为止。

在给予别人帮助的同时，我亦收获了内心的感动，知道人间有大爱，如残奥世界冠军张小玲，廉勤模范黄超仁，十多年如一日如慈母般对待残疾儿童的苏朝玲，等等。他们都是我学习的榜样。学会给予，使我内心世界更加充实，充满阳光！

学会理解

“多从别人的角度去考虑问题，学会换位思考，对别人就会多一分理解。”这是当年在市“三代办”工作的时候，何敏成主任常常教导我说的话。我记住了何主任的教育和他的语重心长的话。对人多一分宽容，多一分理解，哪怕是和自己意见相反的同志。理解了他们的难处，继而给予有力的支持，使工作顺利地开展下去。

我想起几年前我还在乡镇当书记，到一个叫白木村的地方开展林改（林业制度改革）的事，那天我和同事们到白木村正在宣传林改政策，正在发动群众办理登记手续的时候，突然一个大胡子冲到我的面前一把抢过登记本，说：“你们政府办事不公道，我今天就要把登记表撕了，看你们拿什么来做林改？”我连忙劝说大胡子，我对他说，“如果你觉得政府有什么地方做得不好，你尽可能提出来，由政府解决，但是你撕烂登记表是于事无补的，由此你要承担这个责任。”大胡子见我理直气壮，一下愣住了，不敢下手撕登记表，但又碍于面子，于是拿着登记表跑掉了。旁边的人很气愤，纷纷要打电话报警让警察来抓人算了。我笑了笑，“大家伙不要急，我相信他只是一时冲动，一会儿他肯定会送资料回来的，我们耐心等待。”果然，大胡子经过一番思想斗争之后，将资料完好无缺地归还回来，他说，“书记，都怪我一时糊涂耽误了你们工作，请你们原谅。”看到他主动回来认错，并且交还了资料，我没有追究。通过此事，我提醒政府干部职工下去开展林改工作时，更加要耐心细致做群众思想工作，更准确丈量群众林地，努力做到精益求精。在大伙共同努力下，我所在镇林改工作取得全市全区第一名，荣获市政府奖励。

学会理解，不仅增进团结，提高效率，而且更重要的是顺利推进工作，收到奇效。何乐而不为呢？

学会坚强

人生无常，每个人从出生至长大是个生命的历程，不可能总是阳光雨露，肯定会遇到风风雨雨，甚至是许多意想不到的困难。生命是脆弱的但又是坚强的。不论遇到多少艰难险阻，只有坚定信心，勇往直前，才能夺得最后的胜利。如果只是畏首畏尾，不敢迈出第一步，就永远不会有进步！学会坚强，就是要坚定理想信念，永不放弃，永不言败。

我记得北海市侨港镇不久前曾出现了一个舍己救人的英雄，就是派出所骆所长，面对危险，他纵身跳进波涛汹涌的大海，面对滚滚浓烟的着火渔船，他硬是顽强地将渔船拖离危险地带，避免一次重大事故发生，直至付出了年轻宝贵的生命。这需要多么坚强的理想信念支撑，才能达到这样的人生境界。舍己救人是把危险留给自己，把生的希望给予别人。

十七年前我痛失一向疼爱我的父亲，当时真的有种天要塌下来的感觉，但我凭着内心的坚强，把眼泪强吞回肚子，我和哥哥、表哥等人安葬好父亲，然后全身心投入了工作。那阵子正是我考上西南政法大学民商法研究生，正面临第一学期三门功课考试的时候。留给我准备迎考的时间仅有三天，凭借坚强的毅力，我开足马力，全力以赴备考，一举通过了三门功课的考试。知道内情的同学朋友称我为“拼命三郎”。2008 年 5 月 12 日，四川汶川大地震，不少人被压在废墟下，我记得一个小孩儿被解放军救了出来，躺在担架上，当担架将要抬离现场，小孩儿向救他的亲人用非常标准的手势敬了一个军礼，令千万观众所感动！我想小孩儿小小年纪，刚被人从废墟救出，刚刚经历了一场生与死的考验。小孩的内心是多么强大，性格是多么坚强。的确值得我们好好学习！还有被人亲切地称为“猪坚强”的那头猪，被困了十四个日日夜夜，不能吃不能喝，却顽强地生存了下来，因此被人们誉为“猪坚强”！

猪尚且能如此，何况人乎？所以作为人，无论男人女人老人和小孩儿，一定要学会坚强！只有坚强，才能不愧对人的称号！

学会珍惜

今晚一个视频深深触动了我的内心深处。视频列举了几个生动的例子说明作为儿女对父母亲要及时行孝，及时报答他们的养育之恩。如果不懂珍惜，后悔莫及。“回到家中，能叫一声爸爸妈妈是十分幸福的事。有的人连叫声爸爸妈妈的权利都没有了。”父母子女一个在地下，一个在人间，从此阴阳两隔，令人嘘吁感叹。这时场下不少观众泣不成声，有的甚至抱头失声痛哭。

学会珍惜，就是要珍惜与父母与亲人的缘分，孝不能等，敬也不能等。千万别错过，等到父母不在了，真的不知要投亲谁了，哪头才是你的家。《常回家看看》之所以唱到人的心坎上，那是人们发自内心的共同心声！

学会珍惜，珍惜在我们成长道路上，关心帮助我们的人，那些都是我们生命中的贵人。离开他们的帮助，我们会寸步难行，学会珍惜就是学会感恩！要记得他们的好！

学会珍惜，珍惜有缘成为我们同事的人，芸芸众生，人海茫茫，能够走到一起工作成为同事，机缘难得。尽管人的水平有高有低，能力有强有弱，智慧有聪有钝，无论如何都应好好珍惜！

学会珍惜，就要懂得珍惜！不懂珍惜，哪怕再富足，内心也不会真正快乐！所以一定要学会好好珍惜哦！

学会承担

人之所以能够称为人，人之所以能立于天地之间，是由于人与生俱来就须承担责任。如果你是人之父母，你自然要承担养儿育女的责任。如果你是人之儿女，也要承担当父母老时的赡养责任。如果你是老师，就要承担为人师表的责任，如果你是单位一把手，你就要承担管好班子带好队伍的责任。如果你是普通工作人员，除了承担遵守纪律，完成任务的责任外，还要承担服务好人民的责任。

作为一个人，就要承担好自己的责任。缺乏责任，没有担当，人难以承担人的称号。因而于单位，于家庭，乃至为人均离不开责任和担当。当然不讳直言，现实生活中，的确还存在借钱不还的老赖，他们开着奔驰、宝马，搭着飞机动车，出入灯红酒绿的高档会所，吃着山珍海味，享受人间的荣华富贵，都赖着不肯还银行的钱，昧着良心。这些老赖，缺乏的就是人的责任和担当。还有的离婚案件中的堂堂男子汉，生儿不育儿，甚至连几百元抚养费也不肯出，摆出一副要钱没有要命有一条的无赖样子。如此种种，都是缺乏责任，没有担当，并非善良之辈。

我们对之要采用法律武器，加以制约。而今人民法院联合媒体对老赖公之于众。并且限制老赖出入高档会所，限制其搭乘飞机动车，限制高消费。大快人心！

学会承担，人人有自己的分担，则人间和谐，人民的幸福感获得感归属感满满！

学会遗忘

一位有名的哲人曾说过，“只有遗忘，才会幸福”。人于世上，人与人之间的关系千丝万缕，错综复杂，许多东西可谓斩不断，理还乱，令人烦恼至极。此时治病的妙方只一个便是——遗忘。

从生理学的角度来看，人到一定年龄，记忆力会渐渐衰退，这是正常的现象。而有的人尽管年纪轻轻，便忘这忘那，常常丢三落四，人称此君患有健忘症，此乃例外。

人之所以称为人，是因为人是有情有义有理智有道德有涵养之高级生灵，这是人与动物区别之所在。既然人是有情有义有血有肉之躯，那么就注定他（她）常常会被人世间林林总总的烦恼所困扰。于是有人便下这样的结论：你可以遗忘许多事，唯独那刻骨铭心的一幕，你永远无法忘记。那刻骨铭心的一幕，或许是你幸福地被人爱着，或许是你痴心地爱着别人，或许是你痴爱多年的人心远你而去，或许是当你正处于危难之时，在千钧一发间，有勇为者舍身相救……于是便成为你永生难忘的刻骨铭心的一幕。由于有此一幕，或许你十分幸福欢欣地生活着并且心怀对上苍深深的感激；或许你感到非常痛苦悲观，甚至失去对生活的信心，于是悔恨孤独寂寞常常追逐着你。由于这一幕，或许你酣梦中还幸福快慰地笑着，或者在沉睡因噩梦而惊醒，等等。

当你感到痛苦悲伤的时候，当你梦中还失声哭泣的时候，你不妨试一试用遗忘的办法来医治你心灵的创伤。我曾经历高考名落孙山的苦楚，经历仕途不振的失落，经历过挚友在背后“捅刀”的尴尬，可谓酸甜苦辣，五味俱全。由于苦楚我曾彷徨惆怅，由于失落我心如止水，由于创痛我常常梦中惊醒，由于痛苦我伤心落泪，由于尴尬我曾失去了对生活的热爱，于是在钦州湾畔黄昏的田野上，常常出现一个孤独的身影，在夕阳下拖得老长老长，于是在我心中曾涌出这样的诗句："泪眼，瘦成一条相思河，一条河的相思。无声的淡月下，孤单的影子，拖得老长老长，我时常踩痛自己。""可是那天你远我而去！只把梦幻留给昨天留给夕阳下淡淡的余晖……"这种心头的苦楚在我的散文诗集《轻轻地对你说》的字里行间常常依稀可见。后来一个偶然的机会我拥有了一本畅销海内外，发行逾百万册，由作家出版社出版的巨著《智慧之缘》（台湾证严法师著），拜读了其中的"无染的爱——迈入人格升华的境界""伤在他的身，痛在我的心——关于慈悲""如月、如镜、如水——点燃我们的心灯"以及"人生的目标——让生命功能永远像春天"等闪动智慧灵光的篇章，顿时茅塞顿开。正如法师所说的，"心像明月一样，有水就有月；心像天空一样，云开见青天"。从此，我学会了用宁静的心态，观大地众生相，听大地众生声。感悟到众生的即是凡夫心，有污染，有色彩，当色彩抹净即现佛性。佛前的灯不必刻意去点，要点燃的是每个心头的灯，因为每个人的心里都装着希望与光明。

从此，我体会到，学会遗忘，善待生活，善于待人，才能宽谅、容忍，才能表现一份宽心、爱心的真谛及蕴含。其实，人生最大的幸福就是学会遗忘，善于遗忘，宽容、怜悯一切众生。

书伴我成长

我喜欢看书是受父亲和哥哥的影响。

童年时，参加过“文革”串联的哥哥，不知从哪儿弄到一本脱了皮的书（长大之后才知书名叫《烈火金钢》），书中的英雄人物八路军排长史更新与日军的猪头小队长“肉搏”直看得我如痴如醉！从此自己幼小的心灵便爱上了书。小时候，家里很穷，一家六口，靠的是父亲当干部那点微薄的工资。但父亲对我所提出的购买书籍的要求，总是想方设法给予满足。此情此景，至今仍令我感动！或许是因为我爱逛书店，新书书店的两位阿姨——杨阿姨和凌阿姨，慢慢地注意到我，并知道我是谢叔的儿子。我父亲和他们的爱人都是老熟人，因此对我十分照顾，遇到好书籍来，总是不忘给我留几本，让我先睹为快！长大后，到外地读书，书店仍是一个好去处。由于自己的普通话很差，表达时十分生硬地说要“那本”！不过对书籍虔诚的神态，还是感染了书店的营业员，赢得他们的关照！寒窗数年，未曾多买一件衣物，书籍倒是拥有了沉甸甸的几箱，毕业时托运弄得气喘吁吁的，不过心里却有一种充盈的感觉。因为，书，给予了我很多很多，使我从一个无知少年，成长为一名拥有一定文化知识的人民法官。岗位的光荣，责任的重大，使自己感到肩上的担子沉甸甸的，而且我将努力做到像珍惜自己生命那样珍惜自己的岗位。

书，看多了，感动多了，自觉不自觉地也学着拿起了笔，在洁白的稿纸上留下一行行歪歪扭扭的痕迹，那是对美好生活的渴求，那是心声的自然流露，情感的倾吐，对人生生与死、爱与恨的感悟。在许许多多文学前辈、老师及单位领导的关心帮助下，1995 年初春我终于拥有了一本薄薄的由广西民族出版社、全区新华书店发行的散文诗集《轻轻地对你说》。这本属于自己的小册子，虽然在我拥有的两千多册、许多是大部头的树丛中，像一棵小草毫不显眼，但它毕竟属于自己心灵的结晶，因此我还是把它珍藏起来，并决心发奋学习，努力创作，争取在若干年后，再出一两本属于自己的著作。在人生的道路上，或许我失去了许多，但我决不后悔！因为我拥有一大批良师益友——书！

因此，我要说，书是我成长的伴侣！书使我忘却痛苦，书使我的人生更充实、更富于意义！

第五辑　寄情山水

多好的山水多好的人啊，东场是我心中神奇而又深情的土地。我在东场虽然没有干出轰轰烈烈的业绩，但东场的山山水水也留下了我的足迹，是我心中永远的眷恋。

神奇的钦南

英雄故里

“千年古城，英雄故里”，这是人们对钦南区的美誉。

广西钦州市钦南区地处北部湾（广西）经济区的城市中心区，是钦州市委、市政府所在地和全市的政治、经济、文化中心。下辖4个街道办事处、12个镇和1个华侨农场。辖区总面积2225平方公里，耕地面积45.7万亩，海岸线长520.8公里，总人口56万人，其中市区人口20多万人。

钦南区拥有独特的区位优势。它位于广西西部沿海，北部湾的顶端，东连北海市，西接防城港市，南临中国南方的天然良港——钦州港，北距绿都首府南宁仅百余公里，处于南北钦防经济区的中心地带，中国大西南最便捷的出海通道，广西与东盟联系的“桥头堡”。而且，桂海、钦防高速公路和南北、黎钦等铁路干线贯穿全境，是广西沿海地区水陆交通的枢纽。

钦南区拥有丰富的山海资源。大蚝、对虾、青蟹、金钱龟、石斑鱼、海鸭蛋、黄瓜皮、冬辣椒、火龙果、百香果等不胜枚举，各种名优产品闻名遐迩。

钦南区，一座神奇的、底蕴厚重的、风光无限的城区。1400多年的古老名城。这块古老的土地上孕育了刘永福、冯子材两位民族英雄。刘冯两位民族英雄成为钦南人民的骄傲，钦南人的敬仰，更是感动一代又一代钦南人的精神食粮，正是因为有了刘冯精神和刘冯文化、刘冯故居等名胜古迹，才有可能成为钦南人在短短两年内就铸成国家AAAA级风景点的传奇故事……而且，荟萃了1400多年历史文化神韵的中国四大名陶之一的钦州坭兴陶便出产于此。

碧海蓝天，风光旖旎，山清水秀，独特的历史人文景观和滨海风光，使神奇的钦南成为钦州市以及广西壮族自治区乃至西南省区旅游的新热点。

钦南区，一座悄然崛起的滨海城市中心区。按照钦州市委“大港口、大工业、大旅游”的目标，尤其是广西壮族自治区九次党代会所提出的中国—东盟“一轴两翼”区域经济合作的战略构想，更是把钦南区推上了北部湾（广西）经济区开发建设的潮头。“立足市区，依托港口，以海兴区，工业强区，旅游旺区，文化盛区”——钦南区四次党代会确定的发展战略，成为影响和推进滨海城市中心区建设的号角。突出把发展工业放在首位，着力推进工业集中区和沿海经济走廊，构建“川”字形工业发展新格局。蓄势待发，神奇的钦南区充满商机与活力，是海内外宾客前来观光、合作、共谋发展的理想之地。

奔向大海

翻开《新视野》创刊号的扉页，赫然入目的是《开放潮涌钦州湾》的卷首语，钦州地处沿海地区中心位置，建市十年利剑磨就蓄势待发，有着巨大的区位优势和资源优势。随着一大批重大项目落户钦州，前所未有的机遇将使钦州的“大港口”横空出世，“大工业”梦圆今朝。广西经济发展的希望在沿海，发展的潜力在沿海，发展的后劲在沿海，沿海将成为广西经济一个新的增长极。……咿呀！北部湾畔开放的惊涛拍岸，犹如声声贯耳的春雷！恰似声声进军的号角！

钦南地处钦州的主城区，是中心的中心，是沿海的沿海。这就注定了钦南人民在冲锋的号角声中，在春雷的轰鸣声中，拥抱大海，奔向大海，融入大海。

大海是钦南的母亲，大海孕育了钦南千千万万优秀的儿女。钦南离不开大海母亲，只有奔向大海，钦南才有自己的生机与活力。

正是基于这样的认识，钦南区党委、政府一班人与时俱进地提出了加快发展的“336”工作思路。（即三个主动：主动融入城市管理，主动接受钦州港、三娘湾等新型产业中心的辐射带动，主动把工作重心由抓农村、农业经济向抓城市经济转变；三个提高：提高财政收入水平，提高机关干部和农民的收入水平，提高钦南区的综合实力；六个战略重点：抓工业、港口、旅游、城市管理、农业和文化建设，提出了立足市区、依托港口、以海兴区、工业强区、旅游旺区、文化盛区的发展战略。

不难看出，区委、区政府的一班人，把深邃的目光投向了大海，投向了浩瀚无边、魅力无穷的大海，他们将钦南区的产业布局不断推向沿海，不断主动奔向大海，融入大海，进而依靠千年海疆，构建灿烂海洋文化！

锁住三江口

自古至今，江河并流之地必然是经济社会发展的繁荣之地，而钦南正是具有这种区域优势的神奇之地。在这片神奇的土地之上，竟然有三条横跨两个地级市（钦州市、防城港市）的江河，分别是钦江、大风江、茅岭江，纵横千里，浪花奔腾，在钦南形成了合流，这是大自然给钦南人民的恩赐，这是大自然对钦南人民的青睐。

对钦州尤其是钦南人民来说，为临海工业的峥嵘初露已令周边城市和外界刮目相看的时候，当大工业园纷至沓来的时候，不少人会说，钦南获得了好机遇。然而，我们更清醒地意识到：机遇从来都不是上天所赐予，只有强者才能把握机遇，只有智者才能创造机遇，只有勇者才能获得机遇；而弱者则永远是坐失机遇。

作为钦南人，从来都是敢为天下先，他们不等不靠，卧薪尝胆，玉汝于成，走前人不敢走的路。因此，面对在钦南形成合流的三江，钦南人大胆作出了自己的选择：锁住三江口。

锁住三江口，就是锁住了希望，就是锁住了机遇，就是锁住了明天。让希望永远在钦南人民的牢牢掌握之中，让机遇永远不会与钦南人民失之交臂，让明天的太阳在钦南这片神奇的土地上永远不会西落。

有了江河，才有繁华，有了河流，才有昌盛。钦南人明白：自己离不开大海也离不开江河。

锁住三江口，是钦南人明智的选择！

拥抱钦州港

2005 年至 2006 年是钦州港发展锐不可当的一年。钦州燃煤电厂获国家核准并开工建设，目前已累计完成投资 11.68 亿元；广西金桂浆纸业浆纸一体化项目获国家核准，正在卡共；中石油广西石化1000万吨炼油加工项目开工，等等，昭示着钦州港发展的春天来到了。

滨海有港者先发。钦州港要充分发挥深水良港、腹地广阔、交通便利、环境容量大的优势。从这个意义上来说，钦南区作为钦州港的大腹地，承载着将钦州港建成西南地区最大的天然良港的希望。钦南的发展与钦州港的发展悠悠相关。只有钦州港发展了，才能更好地带动钦南的发展。因此作为钦南人来说，主动接受钦州港等广西新兴产业中心的辐射带动，主动对接落户钦州港经济开发区一期投资100多亿元的中石油1000万吨炼油项目和一期投资80多亿元的金桂浆纸一体化项目，一期投资50多亿元的钦州燃煤电厂等重大工业项目，积极引导重大工业项目的下游产业向钦南聚集等，是钦南人民最明智的选择。

时代在召唤，发展在召唤，包围钦州，拥抱钦州港，主动融入那片海，主动奔向那片海，是历史的必然，更是历史的选择。

作为钦南神奇土地上的一员，我将义无反顾，奋勇向前！

黄山归来不看岳

萌发登黄山之念头，大约是在中学念书时。据资料载：号称方圆五百里的黄山位于安徽南部，是以自然景观为特色的山岳旅游风景区。有名可数的七十二峰，或崔嵬雄浑，或俊俏秀丽。其中，奇松、怪石、云海、温泉，素称黄山四艳。景区上下“无石不松，无松不奇”；怪石不可胜数，千姿百态，妙不可言……当读到此段文字时，自然而然产生登山念头。而萌生强烈愿望则是最近的事。

好友从南京来信，大谈特谈登黄山之趣，甚至称“黄山归来不看岳，五岳归来不看山”，把我的心思都扰乱了。我产生了不游览黄山内心便难以宁静的感觉。恰巧最近有机会赴江苏苏州城开会。我特意多请几天假，会毕便邀南京那位朋友，稀里糊涂往黄山赶，以祈饱饱眼福开开眼界。

中午十二点二十分，我们乘坐南京至黄山的列车，经过九个多小时的颠簸及辛劳，夜晚九点三十五分，列车终于开进了黄山市，满以为已到黄山身边，下车一打听，距黄山还有七十五公里之遥，一下傻了眼。尽管自己爱好文学，善于想象，但压根儿也想不到，到了黄山还不能上山。原来此处是黄山市政府所在地叫屯溪。屯溪老街是一条长 1272 米的古代商业街，一色的褐色石板路面，店铺鳞次栉比，小青瓦、白粉墙，古朴典雅，被誉为“东方古罗马”及活动的《清明上河图》。

当夜虽累，但一夜难眠。次日早天还蒙蒙亮，那位火急火燎的友仔便一个劲儿催我起床。为赶路，我们打了一辆“的士”，风尘仆仆赶往黄山。经过一个多小时，车来到黄山脚，我们便开始登山。由于没带导游图，从山下左边爬了半个多小时，才发觉走错道，只好悻悻退下。改走右边，并沿石阶上，才真正登上黄山之途。

黄山究竟有多大，谁也说不清，只知道是山连着山，而且都雄伟挺拔，满目奇松怪石比比皆是，方知资料介绍，并未有假。虽然上午的阳光不算强烈，但走着走着却已汗流浃背，气喘吁吁。只好走上百步，又歇息几分钟，艰难地走着，攀登着。时至中午十二点多钟，方才登上黄山的第一个小站——半山寺。这时游人很多，大多在此吃中餐。我们一打听，方知这些游客都是从后山搭索道上山，而且是昨日上山；今天悠悠然下山的，不像我们从前上山那样苦累。小憩后，我们继续登山。约一点多钟，我们来到一个岔路口，往右是天都峰（黄山三个主峰之一，最险峻），从左上则上别的峰，我的意见往左，但那位好友指着路牌那行字“到了黄山不游天都峰，等于一场空”。固执地坚持登天都峰，我拗不过他，只好依他，一起进军天都峰。

天都峰名副其实，山很陡，也很险峻，我们只爬了一小半路，手中所拿着的饮料亦不得不丢掉。因为需要两手用力向上攀登，方才安全。这时我才真正体会到爬山有多么艰险。此时，整个天都峰从前山登山的，只有我及好友和来自浙江温州英俊潇洒的杨先生及其美丽秀气的女友。起初杨生的女友提出不登此峰了，后经不住杨生的劝说，或者是爱情的力量起作用，杨生与其女友展开了登山竞赛。我和友仔见状，真有点自愧不如。但男子汉不服输的气概顿时从心底油然而生。于是，我们暗暗地和杨生他们展开了比赛。这时，双脚很酸疼，每登一步亦非常不易。但我们仍咬着牙关坚持着。从后山上从前山下的不时有三三两两来自祖国各地，操着不同口音的朋友，他们下来时，我们便主动等他们下来，然后我们才上去。虽然我们素不相识，但在天都峰上，却亲如兄弟姐妹，提醒要小心再小心，彼此鼓励，继续前行。身虽累，心却漫溢着幸福温暖的感觉，再苦再累也真值。此时也怪，力气倍增了。因此，我们抓住机会一个劲儿地往上攀登，衣服湿透了，不管它，汗淌满脸也顾不上擦，整个心力都献给天都峰了。终于，我们比浙江朋友先到达天都峰顶。“会当凌绝顶，一览众山小。”放眼平川，原来江河是那样宽，天空是那样蓝。视野一下拓宽了。我与好友异常兴奋，选了几个最佳角度作了留影。浙江的两位朋友也登上了峰顶。当我们照相时，他们已先行下山，目送他们的背影，我心里直感叹：真是天生的一对！今日若不是遇上他们，恐怕我是无勇气登上天都峰顶。可见，人类有时的确需要一种竞争精神，才能鼓足勇气，坚定信心。同时，我又想起一句哲理名言：山不在高，有仙则灵。说句心里话，黄山不算太高，我们足下的天都峰海拔是在一千八百米以上。但它雄伟挺拔，尤其险峻，令多少勇于攀登者为之倾倒，千万里慕名而来，只为了征服这一雄伟险峻的名山。或许从深层意义来说，爬天都峰所产生的这种心距拉近同胞的血肉亲情，其意义远远超过了登山的本义。

说来也奇妙，当我从黄山下来，尽管腿疼得很厉害，走在天都峰的鲤鱼背（只一尺宽，异常惊险）和其他崎岖道路时，我的心从来未有过这样的安宁与坦然。没有半点紧张和害怕。或许，我是直到此时，才似乎完全明白了“黄山归来不看岳，五岳归来不看山”所真正蕴含的极为丰富的人生哲理。

尊敬的朋友，你说呢?!

无锡有座“三国城”

1995年10月，秋风送爽，笔者有幸到素有“人间天堂”之称的苏州城参加最高人民法院举办的一次培训班。会毕，来自全国各地的法官们结伴去无锡，参观中央电视台为拍摄三十八集电视剧《三国演义》而兴建的大型影视文化景区——“三国城”。

三国城位于葱茏苍翠的嶂山麓、烟波浩渺的太湖之滨，占地三十五公顷，城内建造了具有汉代风格、建筑面积达八万多平方米的“吴王宫”“甘露寺”“曹营”“吴营水寨”等几十个大型景点，场景壮阔，气势磅礴，将一千七百多年前群雄争霸的恢宏场面真实地再现在现代人的眼前。为丰富景区内容，三国城设立了“火烧赤壁”特技场，竞技场，九宫八卦阵，同时还开发了游客可以亲自参与的古战船游乐、草船借箭、跑马、甘露寺进香、“桃园三结义”“汉代购物街市”等旅游活动项目。

我们进入三国城时，虽说时间还早，却已游人如织。平时严肃得一丝不苟的法官们，入城后，纷纷被众多景点所吸引。我和小李还有四川来的小刘正在欣赏一些石雕古战马，忽然看到一个用高科技手段操纵的特技场面，只见火光冲天，又闻战马嘶啸，场面甚是壮观，技术之先进，国内罕见。正在沉醉，忽闻前方一片锣鼓喧鸣，匆匆前往，原来是三国城艺术团（据悉是当地艺术学校师生）的演员们正在为游客表演大型节目——“刘备招亲”。“招亲”场面豪华热烈，由300多名演员组成，服装五颜六色，令人眼花缭乱，刘备的扮演者显得英俊风流倜傥，新娘则年轻美貌。尽管是为游客演戏，但每个演员都非常认真，无论是扮演卫队还是迎宾和伴娘，都演得惟妙惟肖。我们步出“吴王宫”，走上“烽火台”，仿佛看见当年烽火台上烽烟四起，赤壁战场万马奔腾。小刘他们游兴颇浓，硬是把我拉入“九宫八卦阵”。这“九宫八卦阵”完全是按当年的战争局面，具体地说即按九宫八卦图阵设计，若进入阵中，无章法时则入得了阵，出不了阵，表面看似乎平淡，实则玄妙无穷，体现出“欲速不达”和“九九归真”的战略思想。坦途之时藏杀机，险恶之处反而平安，在“九宫八卦”阵中最能体现出来。由此可见，古代先人不仅有勇，而且有谋，智勇双全。我们在阵中，起初是“乱转”，渐渐用心体验，用脑分析，方略有所悟，逐渐有了信心，经过半天波折，总算走出阵外，心中自然很高兴……参观“三国城”，亦好像浏览一本古书在慢慢的历史长河中，得以浮想联翩，尽管时隔半年，心中常回味无穷。三国城集展现历史人文景观和旅游为一体，它带给我的回忆是美好的。我常想什么时候有机会一定重游——三国城！

寂寞寒山寺

两年前，我从北海飞往上海，之后从上海乘旅游列车直达苏州，旅途虽有点累，但心情很愉快，因为第一次乘飞机，那种感觉很新奇。当飞机将要在上海机场降下时，从高空往下看那高耸入云的楼房竟像个火柴盒似的，心里直惊叹自然的伟大与人的渺小。当夜下榻的苏州寒山饭店环境还不错，晚上早早休息，岂料一同去学习的北海老乡睡觉时响声如雷，让我心中直叫苦不迭。睡不着，干脆半夜掌灯夜战，写了两篇散文。其一叫《飞行的历程》，其二是《凝视森林的火焰》，属于象征性的有点诗味，有一段是这样写的："在寒冷无眠的冬夜，寂寞的寒山，孤独的灯影下，坐着同样孤独的我。或许注定，今夜苏州无梦，古老的寒山寺传来沉闷的钟声。钟声敲碎了宁静的夜。夜的碎片散落在我心灵的窗前。"其实，写这些文字的时候，只是我虚拟的想象罢了。那时，我还不知寒山寺在哪里，钟响是怎样的。根据资料介绍，寒山寺位于苏州市阊门外的枫桥镇，始建于梁代天监年间（公元502—519），现存的寺院为清末所建。寺内主要有藏经阁、钟楼、寒山、拾得塑像等。建寺初期，寺名叫"科普明塔院"，唐朝寒山、拾得两高僧进驻寺院后，改名"寒山寺"。唐代诗人张继夜船至枫桥镇，面对夜色中的寒山寺，他诗兴大发，挥笔写下了千古绝唱《枫桥夜泊》，诗以寺起，寺因诗传，诗韵钟声使寒山寺远近闻名，蜚声中外。正写着，那位可爱的老乡醒了，问了一句，"写东西吗？""嗯。"我应了一声。随即老乡翻转身，只一瞬间雷声又响起，惨了。

次日便投入了紧张的学习班学习，学习如此紧张，夜里却无法休息。来苏州之前听许多朋友介绍苏州是个人间天堂，尤其是寒山寺等苏州园林更是美不胜收。谁知到苏州后，因紧张及休息不好，我竟有度日如年的感觉，没有半点心思去欣赏。忽一日来了一名在南京进修医学的铁哥们儿，便与他结伴去看了苏州夜市。夜市很热闹，商品琳琅满目，苏州城尤其繁华。从街市回来，打了个“的士”，我向“的士”司机说明我们住在寒山饭店，车子便载着我们飞驰而去，约莫十多分钟后，车在一片黑漆漆的地方停住了。司机说请下车吧，到了。我下车看了一下，不对吧，怎么多了个大门呢？我不解地问了司机，司机反问我们，不是要到寒山寺吗？

哦，眼前的大院里面竟然是寒山寺。但见一个高高的黑塔，尽管无星无月，但黑暗中仍透出一点淡淡的光，我在心里面叫道“佛光”。这时，司机催上车了。我有点舍不得离开寒山寺。回到寒山饭店一看计程表20元，比出去时还多了4元。司机说就收16块吧，我说，算了，横竖表打出20块了，就收20块吧，遂拉那位友仔下车。友仔说，你怎么这样笨，他是敲你呢。我笑笑说算了。当夜回宿舍，那位老乡还未睡，我那位友仔很友好地跟他吹了牛。然后大家睡了，然而我哪是睡呀，简直比熬夜还难受。次日早起床时，北海老乡外出散步了，我打趣地问友仔，昨夜发现什么吗？那位友仔眨了眨眼睛，一副不解的样子，没有呀，真教我气得七窍生烟。不过心底也暗暗佩服，学医的人真是好样的。

学习班结束的那天下午四点多，我独自一人从寒山饭店沿着枫桥路慢慢走，凭着那夜“的士”走的感觉，只花了十余分钟就来到了寒山寺。这时游人稀疏，古老的寒山寺显然过于冷寂，我真的有点不敢相信自己的眼睛，怎么街上游人如织，而作为千古名寺的寒山寺竟如此冷冷清清呢？眼前的寒山寺，夕阳下尽管辉煌，但没有游人的踪迹，也未听到其震撼人心的钟声，我不免有点失望。快步走向售票处，我好想穿过朱红的大门走进寒山寺，听听它的心音呵。然而在售票处，肥胖的女服务员拿着我这张一百元的大票，左看右看，最后冷冷地说了一句，“没钱找”。我因此而被挡在寒山寺的大门外，无法接近寒山寺里的钟楼、藏经阁，更无法听一听那古老的钟声。我身上的确找不出半分零钱了。只有丧气地往回走了。离开寒山寺约几十米处，我不忍又一次回头，夕阳下的寒山寺，尽管辉煌，但我仍强烈感受到她的孤独寂寞。我忽然萌发了这样的问号：古老文化与现代文明真是必须经过这样的寂寞，才不至于断层吗？如果古代的张继能超越历史的时空，不仅看到今日的这种情景，而且还遭受如此的礼遇，他笔下的枫桥夜泊又将是如何一种景况呢？或许这千古绝唱就会成为昙花一现或云梦一场罢？（只有天知！）想着走着，寒山饭店到了。来自全国各地的学子们兴高采烈，因为学习班结束，今夜加菜。而我一点胃口也没有。此后两年多时间里，我常想起夕阳中寂寞的寒山寺……

遥遥心路

上　篇

在似夏似秋令人心里有几分凉意，说不清，道不明的季节里，漫步在苍翠美如画的六峰山上，旖旎的风光无法引起我的兴趣，倒是滴滴的冷雨似乎不是滴在地板上，而是重重地敲在我的心坎上。曾几何时，因我懦弱，我的自卑，失去了本应属于我的，比生命更可贵的东西。或许这便是命运之使然，大学时心仪了四年的女孩儿像燕子一样飞了，当我鼓起二十万分的勇气向她和盘托出，她闪动着带有泪光的秀眸，幽幽地说了那么一句："如果，生命可以分成两半，我真的愿意分一半给你！"一切已经不用言喻，充满血泪的心，只依稀记得一句"祝福你！"。从此，荒原上只有我孤独的影子，我的心是怎样的苦呵！蓦然却没有归途。但我不愿沉沦。尽管，我始终无法摆脱令自己苦难的重重自卑，但我毕竟顽强地种下了属于自己心灵的诗歌种子，并学着从缪斯女神那里获得一丝丝慰藉；得不到的，全写进了诗中。这该算幸福，还是悲剧？

记得你说过自己是个爱幻想的女孩儿。我呢？又何尝不是？正是依靠着虚无缥缈的幻想，我活在自己的诗歌里。如果那是个王国——国王偏偏是自卑深重的自己。曾有幸读过一篇以凡・高为题材的文章。凡・高是个画坛巨人，却被人推进了精神病院，因为，说他是个疯子。结局是凡・高为了追寻落日，在黄昏，用手枪自杀了，结束了三十七岁辉煌的一生。一颗巨星就这样陨落了。我背负着沉重的十字架，像个精神劳役，一个囚犯在空荡荡的监狱里，心底着实会很害怕！在春天，孤寂无助的我，却有幸遇上了你。你是一个属于诗的女孩儿，准确地说，你本身就是一首颇动人心的诗——善良青春稚气，你因可爱而美丽，因秀气而诗意。尤其是你那叫人心生爱怜的红毛衣，红衣少女，正是我梦中千百回寻觅的知己。

上苍开恩，让我遇见了你，只是我仍然自卑。或许上苍注定要惩罚我，让我永远做一颗流浪的恒星。

上回旅行，我一生中第二个心仪的女孩儿也嫁人了，这也是一个心仪三四年的历程。尽管，从未表露。因我已“曾经沧海”，但我的心意她肯定领会。如果，她嫁个好丈夫，谁都会祝福她。偏偏娶她的是个又黑又矮又瘦比她低一截，而且一口烟雾满口脏话的像猴子。看着她消瘦苍白无血色的脸和一副无可奈何的样子，天知道昨天是一个怎样的故事。旅途一个星期，我失眠一个星期。闭上眼睛似乎就看见如怨如艾的梅子。我的诗人气魄呢？我的勇敢胆识呢？失落痛苦之时梦中的你来到我身旁。红衣女孩儿印证了我今生的认定，我曾经发誓：用亿万财富做赌注爱你！你是个善良的女孩儿，说真的我从来也没有想过伤害你。

数年之间，我有几个亲朋好友，皆因车祸及其他意外事故，相继遗憾地永远离开人世，给我留下悲凉的记忆。不久以前，我一位兄弟的两个双胞妹妹，还未能多一天享受人生的乐趣，美丽的灵魂便升上了天国。那天与你在一起，你说你差点发生车祸。不知怎的，我竟糊里糊涂地想牢牢抓住你。结果导致你慌乱而去。目送你匆匆离去的红色背影，我才清醒了过来，但一切都迟了。我已失去了倾慕的你，生命竭掉了生命的底色。我非常悔恨！这些天来我时时念着你的名字。你还年轻，今后的路还很长很长，只要你活得幸福快乐，请相信远方有一颗流浪的心会永远真诚地为你祝福……

下　篇

整个夏季，时风时雨，心绪因你而牵动，我可以忘记整个世界，唯独偏偏无法忘记你。但回忆只有徒然增加伤痛……今日偶读《羊城晚报》，被一则消息《从桂冠诗人到杀人恶魔》所震惊，中国十大先锋诗人之一的阿橹（鲁荣彬），用他那诗人“圣洁的手”杀害了无辜的四条人命，属于谋财害命，消息传出，文坛一举震惊。从阿橹的身世来看，他是个可怜的悲剧者，但沾着四条人命的血手再来广州某书店为购买他的诗集《雾的草原》《墓地与摇篮》《阿橹之死》的读者签名，这本身就是一出闹剧。也许阿櫓高估了自己，满以为破案是二十一世纪的事。你崇拜诗人但无论什么时候请你不要忘记，诗人并非圣人，诗人也是社会上的一分子，诗人也有喜怒哀乐，诗人的生命历程也充满风风雨雨，诗人的道路也会泥泞崎岖。如果有朝一日诗人因一念之差或一失足成千古恨，他也会沦为阶下囚，成为人民的罪人。我这样说，并不是为诗人辩护。实际上诗人拥有什么呢？只是徒有一顶虚渺的桂冠而已。阿櫓自暴自弃，制造血案，酿造悲剧，这本身说明人性的弱点，贪图虚荣或其他什么东西。

人往往是非常奇怪的东西。虽然我每月祈求你的原谅。却千万次在心底希望得到你的原谅。未见到你之前，我就千万次构架了你的形象。知道吗？你的形象在我的诗中是这样的：手托香腮，温柔微笑，世界因此诗意得灿烂明媚。红红的曙色中，你传递着春天醉人的气息。哦，红衣女孩儿，当世界沉淀翠绿，你选择了红作为生命的底色。我倾慕你，血红的曙色中，有我对你红红的相思……诗写好后，我一直想献给你看。那天见到你时，我也带在身上，却不知怎的，就是拿不出来给你，而今你还会再看一眼吗？

还有我要送你的那本诗集，因你生气而遗留在凳子上，从此这本写着“祝福你——红衣女孩儿”的诗集少了一双秀气的双眸的注视，心中啊，有千般绞痛与万般的失落，只怪自己不会好好珍惜！

醉后方知酒浓，失去了方知珍重。如果上苍允许我再度留住你红色的背影，那么我真的甘愿受尽人生一切苦难了！真的！

寂寞的夜晚，淡淡的灯台下，我孑然一身用心灵的微波来呼唤你。可是你现在到底在哪里？我后悔最初为什么不向你要个地址，让我放飞思念，有个去处？但是我心里想若你还在生我的气，那么可爱的使者的结局会落个粉身碎骨——尽管你是个善良的女孩子，谁叫我伤害了你！而今唯一安慰自己的是拿出你的三封来信，一个字一个字地念，一个字一个字地记，追忆已逝的往昔，想你的音容想你的笑貌，不以物喜，唯以己悲。

我已决定放弃我追求多年的缪斯。

记得你问我：“你写的诗是真的吗？”

当时我无从对答，现在我想告诉你，那一切只是雾里看花，水中望月之虚拟。我实际上骗了自己。当然，我希望、希望那是真的。诗中的那个女孩是真的。但她目前真的还不知在谁家的香闺里。以前我实际上是活在自己虚构的故事天地里。这本身就令人啼笑皆非。有朋友说，我这个人有时真的不可理喻！噢，谁叫我想当诗人呢?!

诗人的生活，浪漫洒脱富于色彩富于传奇，其实与我相距十万八千公里。

我只是普通的生活在芸芸众生中的一滴不起眼的水珠。无意中曾能引起你的注视，我真的要好好感激上苍的恩赐，可是我为什么不会好好珍惜？

有时，我扪心自问，活在世上，除了会写几首歪诗，我得到什么？又失去了些什么呢？直面自己，我发现自己是多么虚弱，多么可怜及可悲。

生活中自己是个彻底的失败者。一点也不曾拥有，通通都是失去——包括你！

可是内心的虚荣，使我常常不敢直面人生，正视自己。

诗远离了我。你离开了我。今后我的道路如何走？我该如何在孤寂的人生之旅如流浪的恒星在天际流浪？我问今夜的清风，问今夜的雨滴——风雨不语！

神奇的花山

花山位于崇左市宁明县境内，是个刚刚获得世界文化遗产的著名风景点，据说花山申遗之路漫长，竟然走过十多年之久，其中的艰辛只有宁明的兄弟姐妹们知道。我最初关注花山是由一首名叫《花山恋》的歌曲开始的。因为为《花山恋》谱曲的作曲家是肖白老师，当年肖白老师为钦南区谱曲《中国梦》《快乐海家园》，这两首歌在央视和广西卫视滚动播出，深受观众喜爱。而我是过来专门负责与肖白老师对接工作的。一来二去自然就熟。崇左市和宁明县领导与肖白老师有缘，能请到肖白老师为《花山恋》作曲，自然会给申遗增添色彩。《花山恋》由惠子作词，肖白老师作曲，由中国著名歌唱家韩磊演唱。“等了你几千年，你却依然如若初见，恋了你几千年，你却依然绝世容颜。看我骆越根祖，天琴直上彩云间……”那种自豪那种霸气直冲云天，令我夜不能寐。终于我作出了到宁明采风的决定，我想探寻这有两千多年文化底蕴的花山是一座有多少故事的山。

我与秋主任联系，秋主任是我在南宁培训班的同学，我戏称是“黄埔军校的同学”。同学就是不同，哪怕是短短的同窗之谊，秋主任都是那么重视。怕我迷路，她亲自开着她的私家车，来回奔跑数十公里到高速路上迎接我，这种同学情着实令人感动（我由此联想到花山能申遗成功，每个人都功不可没）。

第二天吃过早餐我们便开始出发，宁明县山歌大王甘老师亲自前来为我们这趟花山之旅进行解说，令我们十分感动。从县城开车，走了一阵，我们来到一个风景秀丽的地方，听说船还没有到，秋主任领着我们先登上一座小山观赏一下风景。只见山上茂盛地生长着不少树，树大多是古树，形状十分奇特。或许这里已然不是风景点了，游客稀少，但见两三间像旅馆又像山寨的房子古色古香，从颜色来分析已然有几十年光景了。因已是危房，每间房前门口都贴有温馨提示牌，“危房！注意安全！”我们忙着欣赏，忙着拍照，尽情享受大自然之美。

一会儿工作人员说，“游船来了！”我们赶紧上船，正巧北京文化公司的客人也来考察，县常委部长亲自陪同，我们一行共同登上这条稍微豪华一点的游船。人多自然更热闹一点，北京来的那个文化公司的老总，用纯正的普通话说了一句，“百年修得同船渡哦”。大家一下被老总逗乐了，笑声中船开始启航，沿江而下，处处都是美丽的风景，大家坐不住了，个个争先恐后登上船顶，但见两岸美景一闪而过，教人产生一种“两岸猿声啼不住，轻舟已过万重山”之感慨。一个能歌善舞的美女导游，向我们解说，“花山有几处神奇的地方。花山壁上的红色文字图案是如何画上去的？红色文字图案是骆越先祖的生命图腾，但他们分别代表什么呢？历经千年那些文字图案依然保存完美，体现了先祖的智慧，究竟是用什么来画的？”大家听得云里雾里，没有一个人能想得出答案，连刚才风趣幽默的北京客人也目瞪口呆。山歌大王甘老师笑而不语，显然是先卖一个大大的关子，大伙都没有头绪。

船在飞速行驶着，船头激起浪花一朵朵，清风徐徐。过了四十多分钟，眼前终于出现了神奇的壁画，美女导游说，“大家快看，这就是花山！”哦，花山！千里万里我们追寻着您！今天终于如愿地来到您的身边。美女导游说，“因为你们是尊敬的客人，今天特意让你们登岸，零距离看看花山，但是一定要注意眼看手不能动哦。还有大家一定要注意安全，拍照不看景，看景不拍照。记住了吗？”我们说记住了！穿越一排排木栅栏，花山的先祖巨大的雕塑出现在眼前，还有巨大的花山壁画千姿百态，让我们觉得中华文化几千年我们的祖先的确是了不起，高高的壁上他们是如何将画刻画上去的？如何做到红红的颜色几千年不退色的？还是百思不得其解！我们来到一个叫遗址的地方，美女导游说，“据历料考证，这个遗址已有 2000 多年历史了。”人们又是一阵惊叹。一会儿，我们站到几个小箱装着许多石条的地方，美女导游解释说，“这些石条是有年轮的，它们的年纪多的有数千年，这就印证了骆越先祖的历史也有数千年。”大伙为美女导游的精彩解说鼓掌。之后大家拍照留念。在神奇的花山上尽情拍照留下珍贵的倩影。我们学习小组也来了一个全家福。之后因北京客人要赶时间，我们依依不舍告别了花山。返程中，美女导游担心我们旅途寂寞，放开喉咙为我们演唱了一首山歌，赢得了一阵阵热烈的掌声。山歌大王甘老师忍不住了，他缓缓地站起来对我们说，“这样吧！小姑娘开口了，我也为大家表演一首好不好？”大家异口同声应道，“好！好！”甘老师于是放声歌唱，雄厚的男高音，声情并茂，激荡人心，不愧是广西山歌王，名副其实，非常棒！甘老师刚刚唱完，大家报以雷鸣般的掌声。得到大家的充分肯定，甘老师更是十分来劲，应对美女导游的考试题目，他公布了三道答案，“骆越先祖发明软梯，他们是搭着软梯将画刻上去的（这是一个大胆的猜想，据说节目组拍《花山恋》歌曲外景时，也采用了这个办法）；骆越先祖趁河水上涨时将画刻上去；最后一个办法，是联合有智慧的人如外星人将画刻上去。”甘老师的答案思想大胆，视野开阔，不论是否能够考证，都博得了大家阵阵掌声。我紧紧握着甘老师的大手，有什么疑问再向您请教！甘老师笑笑地点了点头。

神奇的花山，美丽如画，花山人民是勤劳勇敢的，又是充满智慧的！花山属于宁明，属于崇左，属于广西，也属于中国，更属于世界。神奇的花山，我们为您自豪，为您骄傲！我渴望着什么时候再回到您身边，再次开始神奇的花山之旅。

东场，我永远眷恋的土地

2006年年底，我离开了工作多年的市中级人民法院到钦南区委办公室任副主任兼督查室主任。一年后，区委常委会一致决定由我到东场镇接任党委书记职务，从此开始了三年半摸爬滚打的基层生涯。

书记是个让人尊敬而又权威的职务。我小时候见过最大的书记是大队支部书记。那时家里穷，无钱读书。母亲带着我去大队借钱。会计说要支书同意才能借。母亲就去找支书。支书说我们家不算穷，不够条件借款。不管母亲如何说，支书都不理睬。我是哭着跟母亲回家的，是哭着帮母亲捉几只鸡去卖的，是哭着拿着卖鸡的几块钱去学校报名的。书记的权威从小就在我的心中打下了烙印。从此，我就对书记这个职务有了敬畏。

我做梦也没想到二十多年以后我会当书记，而且是比大队支书还大的书记。我除了感谢上级组织对我的信任，更多的是忐忑不安。我生怕胜任不了这个职务，更担心当不好百姓心中的父母官，不能促使东场经济的发展，给群众带去实惠。我为此几天睡不好觉，一直在谋划今后的工作。我想共产党的干部是人民的公仆，只要全心全意为人民服务，处处为群众着想，就一定会得到群众的拥护，能把工作做好。

我上任后，几乎走遍了全镇七个行政村113个自然村。当时，东场因纠纷引起的各种上访占整个钦南区一半，城镇环境卫生差，多次被新闻媒体曝光，综治工作还被市综治办一票否决。因此书记、镇长同时被组织交换岗位，一时镇干部职工士气低落。为迅速改变面貌，我依靠广大干部职工，凡事从自己做起，每天迎着朝阳我是第一个到办公室的，暮色沉沉，下了班拖着满身疲惫我是最后一个离开办公室的。每天到办公室的第一件事，就是拿起扫把招呼大家一起行动，打扫政府大院和大院周边的环境。我用当时领导的一句话来激励大家，“一屋不扫，何以扫天下？”在我的带领下形成了三天一小扫，五天一大扫的制度，风雨不变。脏乱差现象很快有了改变。

也就是我正大力改变面貌时发生了两件不可思议的事。一件是一个办事员在办公室借着酒疯竟殴打分管领导，另一件是一个选调生放假回家超期不但不回来上班而且把手机也关了。两件事的同时发生考验着我的智慧和处事能力。如果处理不好或不敢处理都会影响班子的团结和威信。我征求一些老同志的意见和经过再三考虑后，当机立断地召开党委会，对那两位同志的错误做出了严肃的批评。会议做出决定：让那两个同志在全体干部职工大会上公开检讨，打人者还必须向分管领导赔礼道歉！打人者在念检讨书时声音是颤抖的，态度是诚恳的。分管领导接受他的道歉时，我提议他们相互握一下手，化解了怨恨。人心凝聚了，一切就迎刃而解了。

在东场镇有两怕，一怕风雨尤其是台风。东场是海边的小镇，仅水库就有十一个，大一型一个，小二型十个。风雨来临就要派人巡查，坚持水库值班。作为一把手，这种揪心与压力是不言而喻的。毕竟责任重于泰山啊！二怕火灾，农村老百姓安全意识淡薄，动不动在砍了甘蔗之后放把火烧东西，一不小心就造成火灾。一天我刚躺下来，办公室小甘就马上报告上寮又发生了一起火灾。我马上下令“敲钟”组织人员去救火。很快由政府干部职工、派出所、镇直机关组成的一支数十人的救火队伍便火急火燎地赶去二十多公里的上寮救火。到了现场，只见群众和几个村干部正在扑火，但火势太大了，燃起的火光冲天，我看硬拼不行，马上组织大家挖隔离带，防止火势蔓延而造成更大的损失。大家拼了命，很快挖出一条长长的隔离带，有人手受伤了也浑然不顾。一场大火终于灭了，群众的损失降到最低。我也长长地舒了一口气。

2009 年农历七月十四日，东场发生了一件非常不幸之事，有三个小孩儿不幸掉进修水坝的大风江，小孩儿叔父下去救人也被水冲走。闻讯后我立即组织全镇力量进行营救，终因小孩子太小江水太急，四人不幸遇难。死者家属把对市丰源公司（负责修建水闸）的怨气全部撒到镇政府身上，甚至扬言要抬着尸体到政府上访。此事惊动到当时的市委书记和区委书记，两位书记都明确指示“一定要安抚好民心，妥善处理好！”遵照两位领导的指示，我召开班子会从有限的工作经费中拿出两万多块钱帮助他们处理好后事。我代表镇党委政府对死者家属表示慰问，我劝导他们说：“人死不能复生，还是先安葬好死者入土为安吧！”死者家属听从了我的意见，默默地将死者全部安葬。

事情虽然处理了，但我的心情十分沉重。那是四条鲜活的生命啊！安葬时我也到那个村子去了，看见死者的家属走一路泪洒一路，我的心也碎了。

事故的发生，让我更注重安全工作。我要求学校和家长在假期教育孩子要远离水火，注重生命。我到村里检查工作，总要把安全工作强调再强调。一天，我看见一位大妈领着一位孩子到江中捞蚬，就说江水太急，叫她上来。大妈说不是她不知道危险，是实在没办法啊！她说她的这个儿子明天就要到市里读中学，还差几百块钱无着落，只好带他来捞蚬仔去卖了。大妈说话时是带着泪的。我看见她，突然就想起我小时候为几块钱学费去求支书借钱的事。我顿时无语，只有同情和伤感撞击着那无奈的心灵。我掏出几百块钱给她，央求她带儿子离开那危险之地。大妈不断地感谢我，我说不用谢，是我对不起你们，因为我没有做好工作，我这个书记有愧！

东场林地资源丰富，全镇共有林地十四万多亩。林权制度改革时，全镇共有二十个公务员和十余个事业编制人员，但是当时抽到市区工作人员多达十三人，九个党委委员就有五人被长期抽调，要开个班子会都难。但我就是依靠这支队伍，走遍山山岭岭进行勘察，为民解决纠纷，还主动抄录登记本，抄公告，天天忙到深夜，完成区委区政府下达的任务并荣获钦南区林改工作先进单位等奖！

我调离东场时，有个妇女在路口拦住我的车。我打开车门一看，是那个捞蚬仔的大妈。大妈把一篮青菜放上车，说谢书记你怎么走了呢？大妈没什么送给你，这是我自家种的青菜，没放化肥没打农药，你放心吃。我说我放心。只说了这句就说不下去了，我已被大妈感动得喉咙哽咽……

多好的山水多好的人啊，东场是我心中神奇而又深情的土地。我在东场虽然没有干出轰轰烈烈的业绩，但东场的山山水水也留下了我的足迹，是我心中永远的眷恋。

钦州让我感动

肖白是《中国梦》《快乐海家园》的曲作家。1992年以《奥林匹克风》轰动乐坛，之后他的作品不断问世，被众多歌星演唱，深受全国观众的喜爱。主要作品有《一九九七》《相约九八》《举杯吧朋友》，电视剧《突出重围》《西游记》《爱在他乡》插曲。“北部湾的开放开发感动了我，钦州的领导感动了我，钦州的人民感动了我，钦州的美景感动了我，我一定尽力谱好《中国梦》《快乐海家园》这两首歌曲，为钦州市、为北部湾的开发建设鼓劲。”近日，著名作曲家肖白老师，在北京会见自治区党委常委、市委书记黄道伟时动情地说。

“钦州让我感动”是肖白老师与我们朝夕相处的几天里出现频率最高的话语。肖老师到钦州采风期间身临其境，感受了北部湾开放开发的热潮，领略了北部湾旖旎的滨海风光。肖白老师说，在钦州，他为这里的碧水蓝天而惊叹，为这片土地上的人们在进取中迸发出的昂扬斗志而动容。

风生水起北部湾，发展提速新钦州。肖白老师说，是北部湾的开放开发的热潮感染了他，是钦州务实争先的发展劲头感化了他。的确，随着中国—东盟自由贸易的建立、南博会的举办，自治区“M”型战略的实施，北部湾（广西）经济区的开放开发，广西沿海掀起了新一轮的开发热潮。北部湾，这一块生机盎然的热土，迎来了前所未有的发展新春天。地处北部湾中心区域的钦州市紧跟时代的步伐，吹响工业化、城镇化“两大主战场”的号角，“大工业、大港口、大旅游”的宏伟目标引领着钦州搏风击浪，昂首潮头，迎来了新一轮跨越式发展。今年以来，钦州工业经济继续保持高速增长，上半年工业总产值和工业增加值分别实现76.54亿元、23.87亿元，工业总产值和工业增加值位居全区第一位。如今，钦州工业的“名片”——钦州港经济开发区正在如火如荼的建设中，大开发大建设的场景让人目不暇接；钦州旅游的“名片”——三娘湾、刘冯故居被评为国家AAAA级景区，品牌的效应使钦州旅游驶入发展的“快车道”。钦州，正迈着矫健的步伐向现代化滨海城市走近，钦州的发展、钦州的腾飞让人激动，让人振奋。

用真诚赢得感动，用热忱换来真心。在钦州，肖白老师说，他始终被一种热情和真诚感动着，钦州领导的真诚感动了他，钦州人民的热情融化了他。为请肖白老师给《中国梦》《快乐海家园》两首歌谱曲，从钦州市委书记黄道伟到钦南区委书记庞卡，前前后后做了大量的工作，不仅亲自接请肖白老师到钦州来，在节目制作后期，8月22日，市委书记黄道伟，市委常委、副市长、宣传部长白志繁，钦南区纪委书记庞卡等领导还飞赶北京，亲自到肖白老师的歌神录音棚里听张也、谭晶两位老师录制《中国梦》和《快乐海家园》两首歌。不仅如此，在北京期间，庞书记还不顾旅途的辛苦连续三夜陪肖白老师一起创作，一起研讨，和肖白老师共同度过了三个不眠之夜。肖白老师说，钦州市领导对艺术的真诚和热忱让他钦佩，也让他感动。

“我到过很多地方，没想到钦州有这么好的创作环境，钦州人感动了我，通过在钦州的采风，让我亲身感受到钦州的‘大港口、大工业、大旅游’三大目标建设是一种胆识、是一种精神、是一种心声。”肖白老师在钦州采风时发出由衷的感慨。肖白老师说，是钦州人的真诚、纯朴、热忱和大气感化了他，他在为之动容的同时也心甘情愿尽其所能为《中国梦》和《快乐海家园》两首歌谱好曲。

盛夏的钦州，天高海阔，海豚鱼跃，白鹭翻飞，海湾、沙滩、海豚、氧吧，旖旎的滨海风光呈现了一个美丽迷人的海家园。钦州正以其深厚的文化底蕴，秀美的滨海风光，独特的扩张力和表现力，彰显着滨海城市的无穷魅力。

“此生无计作重游，五月垂丹胜鹤头，为口不辞劳跋涉，愿风吹我到钦州。”齐白石的诗句，让无数世人魂牵梦萦。“钦州的美丽感动了我”，在钦州游览三娘湾时肖白老师发出由衷的赞叹。肖白老师说，钦州的风采让他对《快乐海家园》有了更为深刻的理解，美丽的北部湾，迷人的钦州，是绝妙的海家园，他的曲将会和着轻柔的海风，动听的涛声，奏出旋律和美的《快乐海家园》。

是的，钦州是一个美丽的地方，是一个能感动人的“人间天堂”。勤劳朴实的钦州人正在这片美丽的热土上辛勤劳作，激情飞扬地建设自己的美丽海家园，营造一个可以感动世界、征服世人的大家园。

城乡的月光

悠悠的岁月里，生命的长河中，我曾经历过两次深深的感动与陶醉……

一年前的中秋节后，我与市一医院党委书记黄兴川应邀到浦北县龙门镇茅家村参加该村举办的风俗文化节活动。我们是途经灵山县伯劳、武利和浦北县北通镇检查工作之后再到该村的，到达时已近黄昏。

我想象不到一个乡村的文化节的气氛竟如此火爆。人头攒动的村庄的里里外外都挤满了人。来者中既有市县领导还有机关干部、职工。但不管领导还是百姓，不管是生人还是做客，主任都会像对待老朋友一样热情地招呼你。当然农家的条件是有限的，吃饭时是坐在天井，人多时还会把饭桌搬到院子外面。这时中秋节刚过不久，皓月当空，对着明月你的内心会有一丝丝的感动。因为在这里，你会感到一种浓浓的亲情，一种血浓于水，难以化开的亲情。虽然时已过中秋，山区的夜晚有点凉，但你无时无刻不在热切地感受到一种温暖，一种与众人分享农家成功，分享农家五谷丰登的喜悦与满足。而这份满足，或许在许多年以后还会像一杯浓得难以化开的亲切醇酒，将您陶醉……这是我在月光下所经历的一次陶醉，一次远离城市在乡间小道里的陶醉。

我的另一次陶醉则是在城里。中秋的月光历来都是极富于诗情画意的。因为工作关系，独在异乡为异客工作的我，不能回到母亲身边享天伦之乐，市审计局的国强同志是市驻茅家村的联络员，平时我们常一起下乡到基层，彼此互相支持和信任。国强同志知道我一个人过中秋，便盛情地邀我到他们那里做客。盛情难却，我欣然接受。月亮升上天空不久，我便从宿舍信步走向市审计局宿舍区。进入大门那一瞬间，我简直不能相信自己的眼睛。那是一个怎样的中秋之夜啊。整个审计大院的宿舍区里，数十户一百多号人，不管是领导还是普通一兵，不管是男女老幼纷纷从家里会集到球场。他们从家里拿出收藏许久舍不得吃的好东西，让大家品尝和分享。我被这一切感动得热泪盈眶。这分明是一个温暖的大集体，温暖的大家庭啊。

局长钟宝利同志看到了我，从足球场那边小跑过来，握着我的手对我说："小谢同志，欢迎你参加我们大家庭聚会。"钟局长话音刚落全场响起一阵热烈的掌声。市审计局的同志们诚挚地请我参加他们的活动，国强同志陪在身边，自豪地向我介绍说："这样的大聚会，在我局钟宝利同志任局长以来已连续开展了几年了。年年都是那样热闹，年年都是那样令人开心。"我被这种温暖的大家庭的场面所感动。"有这样的好领导、有这样的好班子、有这样的好队伍，难怪你们能够于 1997 年 12 月、2001 年 1 月连续两次荣获'全国审计机关先进集体'的光荣称号，真叫人羡慕啊！"我由衷地感叹说。在那令人难以忘怀的中秋之夜，我与大家欢聚到深夜，久久不愿离去……

生命的长河里，城乡的月光中，我曾经历过两次深深的陶醉与感动……

放风筝

风起的日子常常有些喜欢放风筝的大人带着小孩儿，将风筝放飞。放风筝的时候，大人的神态是那样悠然自得。或许是他们觉得自己是风筝的主人，完全可以操纵风筝的命运。而小孩儿呢还不太懂事，只觉得好玩。好玩之余，他们或许还会发出疑问：风筝为什么会飞呢？而大人或许永远也不会告诉小孩儿，风筝会飞的秘密在于：风筝只是借助风势升高，只有风，才有风筝自下而上的价值。而谁注意到风的生命意义呢？人们的眼光都只集中到风筝身上了。人们还记得牢牢抓住纤绳，抓牢纤绳便可以随意驾驭风筝，掌握风筝的命运。

风筝高高地飞在蓝天上。放飞风筝的人们放着放着，竟忘了自己，似乎也和风筝一样高高地飞在蓝天上，与蓝天白云为伴，甚至连思想灵魂也飞上了蓝天，达到天人合一的境界。这时候，仿佛人世间的一切烦恼也被放飞了。这，恐怕就是人们所享受到的放风筝之乐吧。

童年的时候，当我看到别家的小孩儿在大人的带领下，去河堤或是高高的山坡上放风筝的时候，自己的心里也痒痒的，也曾萌发了放风筝之梦，无奈家里太穷，我只有饱眼福的份。因为那时候，父亲被下放到“五七”干校参加劳动改造，母亲起早摸黑为全家人的糊口而操劳，压根就没有那份悠闲的心境。

长大以后，随着改革开放的春风吹绿神州大地，党的阳光雨露温暖滋润了千千万万寻常百姓的心，我家经过勤劳致富也摘掉了穷帽。自然而然，从此以后每当看到别人成群结队去放风筝的时候，自己情不自禁跃跃欲试：去买一个巨大的漂亮的风筝，选择一个有风的日子，放飞风筝满足一下童年的渴望。但念头只一闪，很快就被我打消，毕竟自己已长大并日益成熟。想到童年时父亲被困在“五七”干校，自由也受限制那种苦楚的滋味。我实在不忍心去操纵别人的命运，哪怕它是无思无想的无生命的风筝。何况，当风筝失去风势时，在高高的天空上摔下那种难以言状的情景，令我难以接受。如果我放飞的风筝有朝一日真的因我而落个粉身碎骨的结局，我会终身感到遗憾的。因此，而今看到别人放风筝时，我只远远地看着。看着看着，心里竟不知不觉地涌出了几句这样的句子：

借风势升上蓝天，
却被风折磨得苦不堪言。
啊，谁叫你把命运托付了——
随时会断的纤绳?!

星

今夜没有月，只有那璀璨璀璨的星。

许斌穿过热闹的街市，快步走上一条小径，微风习习，饱含着泥土芳香沁人肺腑，他不禁深深地吸了一口。哦，确比边境浓烈的硝烟气好闻哪。他感到很兴奋，白天热烈的气氛依然历历在目。

身披战争的硝烟，盛怀对祖国的眷恋，面挂骄傲的微笑，在凯旋门前，许斌与战友们受到了热烈的欢迎；数不清的一束束鲜花，经久不息的暴风雨般的掌声，震耳欲聋的欢呼声，构成了一幅浓烈的如火如荼的音响与画面。他透过夹道欢迎队伍，竭力寻找那张熟悉的温柔的脸；可是人太多了，可能么？当时，他的心忽然莫名其妙地涌起一丝淡淡的惆怅，不过很快就被热烈的气氛所淹没……

今夜，他草草地吃了些饭，洗过澡便匆匆出来了，身上穿着一件发黄的军装。他向来是不大修边幅的，她则说最喜欢这样！

他抬了抬头，蓝色的天幕上镶着几颗璀璨的星，正调皮地冲着他眨眼睛哩。但觉一股暖流悄悄地潜过他的心田。“啊——不见朗月，伴我夜行，只有星……”自然而然地又轻轻哼起那支他与她都喜欢的日本歌曲《星》。哦！整整四年的相爱，记不清，唱过多少遍啦。她的声音是那么甜美动听，每次他都感到如痴如醉。不知怎的，她温柔的声音又在他耳边回荡，“待到凯旋归来时，我是花啊，你是蝶。”多么富于诗情的话语，使他青春的热血沸腾。而在边疆每每目睹可亲可爱的同胞兄弟姐妹惨遭越寇的杀害，他是何等地气愤，把满腔仇恨集中在枪口上，英勇杀敌，屡立战功……

奇怪的是最近三四个月他写去给她的信一封一封如石沉大海，杳无音信。

尽管如此，他还是很放心。平时战友们偶尔开玩笑，“大嫂”变心啦，不要再单相思。他呢，总是淡淡地一笑不以为然。我是理解她的，他常常这样认为。

好快！不知不觉便来到她的家。这是一间古朴的宿舍，原为一间旧仓库，她的父亲离休时，由组织上改建的。

一扇绿色的门，联结希望与梦想，曾使他心驰神往。然而此刻，举着的手迟迟不敢敲下，他借助门上的灯看到门上“囍”字的金光，是那样温柔又那样刺眼。一副崭新的对联更像一把刀深深刺入他的心，“锦瑟声中鸾对舞，玉梅花际凤双飞。”

他，似乎一下明白；锦瑟不就是自己中学时的同学吗，据悉数月前刚从劳改场出来；那么玉梅，他的玉梅究竟……啊！他要问个究竟，他要……

然而，良久，良久，夜，依然静悄悄……

凝重的呼吸渐趋平缓，“不！军人的心能装下祖国博大的爱，岂容不了儿女情长的缠绵？”实在不忍心惊扰那满星屋淡绿的幽梦。咬一咬牙，他毅然转身而去。

“哟，这不是亚斌吗？”迎面是三四个人影，从声音可辨出，这是玉梅她妈亲切熟悉的声音，“瞧。听那嚓嚓有力的脚步声，我就知道是亚斌啦。”玉梅她妈妈得意地向身后说道。可以想象其身后一定是张伯——玉梅的爸爸。

“是我，伯母，是我……”许斌欲言又止不自然地应诺着，那略带沙哑的声音，与往时那雄壮有力的男中音相比简直判若两人。

“亚斌见到俺玉梅了吗？她说等会你若不回来，她要去看你，向你道歉呢——很久没有信给你了是吗？这丫头不大不小啦却整天忙七忙八地搞什么革……你可莫怪她啊！”老人说道，未容许斌作答，又说，“哦，亚斌呀，这里还有一位玉梅哩，你说巧不巧？锦瑟还是你的同学呢。怎么，记不起来了？”

站在伯母身后的锦瑟上前与许斌紧紧握着手，他没有半点失落与困惑感。疑团早已烟飞云散，大家互相握手，相互致意。许斌看锦瑟眼里闪烁着，就像天幕上两颗璀璨的星星。爱情的力量多神妙哟。他想着。

“噢，大家还待在这里干啥，快进屋里坐坐。亚斌，俺玉梅天天盼着你回来呢。而且，这两个苦命的孩子能结成夫妻不易，应再庆贺庆贺哟。”老人提醒着，跟在后面的张伯微笑地赞许着。许斌知道老伯一向是严厉的。

“是的，玉梅姐天天盼着斌哥，但她确实太忙了，担任厂的团支书，整夜整天地忙着，不是带着青年搞创新，就是给后进者、失误者抑或生活有过失者送暖，鼓励与支持他们重新做人。……玉梅姐的心肠的确太好了，为了解决我与锦瑟的婚事，她甚至让出了她的房子。”田玉梅由衷地赞叹着。

许斌不觉心头一热，既惭愧又激动。“总想玉梅理解自己，但自己理解玉梅实在不够。因为两三封信和一个相同名字差点造成误会，看，自己还是个军人。——千同姓万同名，上次牺牲的一位战友，不也叫许斌吗？理解呀理解，难怪战友们高呼理解万岁。归队时我一定将这些故事带回连队让战友们也听听。”许斌默想着，不觉又到了玉梅的家门。想到立即会见到自己日盼夜盼的玉梅，他心上装着的星，他的心情更是激动。

夜色更浓，春风轻拂，星星依然眨着眼睛，在那一瞬间许斌的心海募地升起那支《星》：“明日谁步过，这星也带领！”

冬与雪

上篇

有冬然后才有雪，然后才有春天。

春未来临冬眠了。于是没有雪。没有雪，冬的日子一片苍白，伫立寒风中哭泣。哭着哭着忽然发狂，变得可恶可悲。

雪，宽恕了冬。

冬却无法解脱。

于是，冬融了，雪也化了。

漫山遍野盛开一片红衬托着一片绿。

下篇

如果没有雪，冬也会消失。

大约在冬季。

雪将晶莹透明的心赠予冬，冬不再寒冷，他心灵复苏，融进柔情。

于是，萧萧的寒风中，又飘起雪年轻美妙的歌声……

生命的皈依

等你，等你黑瀑布般的秀发飘逸成旗帜。

夏日，我长成你身旁一棵成熟的桐子树。你五彩的双眸泛起我心中的阵阵绿意。生命每一次真实的过程，就是走进阳光，走出雨季。

绿风掠过，你黑瀑布般的秀发飘逸成旗帜。我告诫自己：不该迎风苦笑，不该在茫茫大雾中迷失自己，我真诚的心在倾听你鸟语花香的细语。

虽然，前路山洪猛发；虽然，苍穹落下冰雹雷雨，有你五彩视线遮挡，我害怕什么呢？

找到真诚的你，就是找到生命的皈依。

岁月之槐树下，我等你，等你飘逸成黑色的旗帜。在你的旗帜引导下，总有一天我能长成一棵沐浴你黑色瀑布的桐子树。

走向黎明

寒夜，情感的风雨失控，我在你的阴沟里翻船。小舟顷刻覆没，你我成了陌路人。

没有握别，没有珍重，流星般的分手，在木然与冷漠中进行。

你的双眸很冷很冷，冷结了多情的湖水；我的心底好寒好寒，

理智急促提醒：千万……

雨比风急。心的感觉楚楚，鼻的感觉酸酸。

遗憾。遗憾是悄然的喟叹：人间若无悲哀，天，怎么会哭泣，

且倾注成泪雨。

心，于是感到坦然。我，于是撑起了夜幕的巨伞。风还大，雨还急，但我果断地前行。

黑色的伞伴我融入黑色的夜幕。

我将从此走向黎明的辉煌。

雨夜情韵

同在夜雨中淋湿，两只寒鸟在屋檐下低吟。你富丽的语话夹着温柔，驱走了我的寒冷。从此，算是有了相识的缘分。

虽然，九曲回肠的小径，并来叠印你我幽幽漫步的足音，但雨夜握别，你的柔眉似一道淡淡的风景线，衡着我记忆的关山。

终于有一晚，思念涨潮，你我重逢在蓝天下的舞池，成了两条充满活力畅游的美人鱼。直至曲终人散，月儿西沉恋恋中我惊喜发现：你心灵的地平线上已升起一轮足以照亮我一生的太阳。

无论晴天、下雨，还是刮风，我都坚持着默默地从小路通过。我清楚，唯其崎岖曲折，才能磨炼自己的意志和毅力，唯其泥泞难行，方觉摔倒并不可怕。而且，我深信：在小路上走惯了，一旦步上宽广的道路，前进的脚步会更快，更沉稳！

小　鸡

有两只小鸡很可爱。

那金灿灿的羽毛，美丽又舒展；那锋利的爪子，勤劳又勇敢。

有两只小鸡很可恨。

那爪子扒出团团的污泥，那嘴巴啄得满地狼藉。

这天清晨，小鸡披一身霞光进来，金黄的羽毛，绚丽又可爱；尖利的爪，捉虫子又啄蚁，我既有几分欣赏又有几分担心：院子刚扫净的呀！

于是，我赶快捧出一大团剩饭，撒在院子旁边，小鸡很友好，点头表示感激，我有意避开，好让小鸡美美饱食一顿。

当我回首时，小鸡却走了，地上的米粒依旧。哦，小鸡，莫非你也懂得——不劳而获是可耻的？

可恨的小鸡，不再可恨；可爱的小鸡，更加可爱了……

梦中的桂仙子

夜雨敲窗，也敲响了我的梦……

你是我梦中的月桂仙子，清纯高雅文静秀气，既有南方女孩儿的娇羞，更充满北国少女的青春活力。你柔柔地挂在晴朗的夜空，含情脉脉地注视桂子山上的神奇的土地，此情此景，怎不教人心生爱恋。

你是我梦中的月桂仙子，感谢上帝的恩赐，让你我在桂子山相识相遇。带着清风，带着雨滴，渴望进入你心灵的世界轻拂着你，滋润着你……

没有夜雨一觉醒来竟是梦。

心灵的窗台上遗下一个受伤的红蜻蜓，脸上写满了孤独憔悴与疲惫。

凝视森林的火焰

（1）在寒冷无眠的冬夜，寂寞的寒山，孤独的灯影下，坐着同样孤独的我。或许注定，今夜苏州无梦，古老的寒山寺传来沉闷的钟声。钟声敲碎了宁静的夜。

夜的碎片散落我心灵的窗前。

（2）你茂盛的枝叶，盛满每一片阳光。

但我只希望，你将灯下寂寞无助的我点燃——用你森林般熊熊的烈焰……

（3）点燃一把火，生命将不会再寒冷。

点燃一缕情思，相思的鸟，不会再孤单。

凝视火焰，其实也是种点燃。

能够在瑰丽的曙色中，点燃黎明，是生命的一种荣幸……

（4）我用不屈无畏的长途跋涉，只为等待你划破黑夜的一丝火光，即使是在寒冷无眠的冬夜。

我，无怨无悔！

（5）谁都希望，生命中永远是春江花月夜。

谁都渴盼，壶地里有一片热血的奔涌：

只是！当我不幸迷入生命的误区，没有了小家碧玉，更没有琼台楼阁，甚至，只有一片荒漠的原野。

你还愿意随我一道浪迹天涯吗？或许——只有凝视！

（6）凝视，是一种执着。

寒冷时，凝视你，我生命会奔涌如黄河般汹涌的热血。孤寂时，凝视你，我生命会释放太阳般的光和热。

而今夜，我只希望，你也能凝视。

任你点燃森林的火焰中，我从从容容地变成火中的凤凰，完成艰辛的生命涅槃！

桂子山之缘

（1）等不到你轻轻的敲门声，你许诺与春的合影成了一场梦。

《等待风起》的日子是痛苦的日子。你笔下的红五月已渗透我生命的根须。那首一叹三咏的《游子吟》勾起我心中苦楚，但是我依然坚信，只要情义无价，就能《青春无悔》，秋风渐起，迎着秋风，我好想握住你《记忆中的玫瑰》，心中却唱起孤独的流浪者之歌。料想你的红蜻蜓去旅行了，要不怎不从我的窗前飞过？午夜沉寂，那个从天空中永远消失的《纸蝴蝶》，或许不会降临我的心灵，只有孤灯伴我，只有孤灯独坐。

（2）同可登黄鹤楼，极目楚天舒。我惊喜地发现，在众荷的翩翩起舞中，你是最纯真含苞欲放的一朵！甘愿为你低下高贵的头颅，甘愿做围着你转的众蜂中最奋不顾身的一个。

（3）知道吗？所有的唐诗宋词，无法精确描绘你在众荷面前最灿烂的一刻。我曾经写过无数梦幻的诗，却没有一首像你那样，吸引我，既然你是北方寂寞园林里一片美丽的处女地，我为什么不策马扬鞭奋蹄直追，加入守护者的行列？

（4）你我隔着长江，你我隔着黄河。

但长江黄河怎能隔绝我们超越时空相通的心灵？我祈盼能与你共同营造共同坚守寂寞园林的一块小天地。让山河共做伴，让日月同争辉。

（5）明亮的台灯下，我要把你复印在心底，我要在你的芳名旁郑重地写上我的名字，好让我们的名字相加起来一起遮挡人世间的风风雨雨。

我要把执着的目光投向你……

（6）请莫讥笑我的痴：爱你愿为你写诗，爱你因为你是诗。

渴望走进你的梦，渴望进入你的诗。

（7）希望不仅仅只是在诗中相遇，希望我们以桂子为起点，珍惜人生航道的开始。

让理想的风帆加上智慧的源泉加上爱情的力量，没有涉不过的高山大河，没有驶不进的港湾。

因为我们年轻，热爱生命且忠实于缪斯……

春花的相思

（1）春天来，那是心灵的渴盼，那是母亲的祝福。春天在所有生命的枝头上缀满了花。感谢上苍的恩赐，感谢缘分的相怜，让一朵圣洁的春花开在我的心中、开在我的梦里。我苍白的世界因此而辉煌。面对母亲的宽厚，面对满目春光，我没有理由不欢唱。

你的生命，是属于春天的，你是春天的女儿。

你洋溢着：春的气息，春的灵光，春的亮丽，春的娇羞……

我如何能抵住你的诱惑呢？（不知不觉迷上了你。）

（2）就这样心甘情愿地做了你的俘虏；就这样真心真意地读你；就这样用无悔的心灵，用依恋的目光深情地呼着你的名字，怀着喜悦，怀着莫名的忧愁，怀着神圣的沉重。

（3）曾无数次企盼能拥有一个避风的港湾，在漂泊的日子里，苍天眷顾。

在我最孤寂最无聊的时候，派你变成温和的使者，莅临我苍白的心灵世界。

（4）半个世纪的跋涉，半个世纪的寻觅。

上帝终于开了恩，让我遇上了你。

一个充满青春热血的生命避风港，一个安然置放我情感世界的花的乐园。

其实，我凝视你，并非我的固执与放肆，我害怕一时疏忽，你会离开我苍白的小屋，让我独饮孤单与寂寞。对吗，调皮的你？

（5）我只是一只无名的小鸟，我只是一颗苍白的小星。

闯进你五彩的世界，是因为需要你；栖息在你生命的乐园，是因为想分享你的欢乐，当然也会分担你的伤悲。尽管春日也会有霏霏冷雨，但我依然坚信：生生不息的依恋，将击穿人世间的一切阻隔。

（6）诗人说，种子是生命的诗。

你说，平凡的生命是播种希望的诗。

（7）没有鹂歌。（也不须捡回双袋星光了。）

秋月，是一只欢乐的小鸟，驭着我燃烧的爱梦，直闯你神秘的处女地。

欢乐，在翩翩起舞。

依眸子亮着晶莹的泪光，轻轻的漫舞旋出了美丽与圣洁。

（8）如歌如诉，是你那双亮晶晶的眸子，我心灵的深处强烈感触她诉说的一个个美丽动人的故事。

秋日，银色的月亮，是生命中的一种真实。心域，因此而升起一片美丽的星空。或许，生生世世无怨无悔的等待，都是为了你。

（9）诗人说，当开始孕育着结局，结局定不会背叛开始。

我只希望，今生今世能好好爱你！

请勿忘记：阳光映照的那条小径，有我们如歌的足音，轻轻地轻轻地——拍击心扉！

今夜的月光

今夜，夜色是那么美好，月儿纯洁明亮。

我们欢聚在这里，欢聚在钦州湾畔，为了各自共同的目标和共同的理想。

月光，轻轻柔柔地洒在银色的沙滩上，一如洒在我们年轻的心尖上；月光，如倾如诉地洒在漫步人生的道路上，洒在每一位开拓者的心房……

我们赞美月光，月光下流动着我们的祖辈们酷爱土地酷爱家园的顽强的生命意识，月光下有我们无限的祝福和苦苦追寻的期望。

我们欣赏月光，月光，纯洁如梦的月光，月光，多姿多彩的月光……你可以印证，我们的追求是真挚的，我们的心灵是无瑕的，即使童年的你和年轻的我是那么渺小，只要坚信属于自己的夜晚有一片纯洁高雅的月光，我想，谁也没有理由拒绝，哪怕是洒在历尽寂寞甘苦的广玉兰树上的月光。

朋友，请打开你心灵的窗户吧，迎接那一片如诗如梦的月光！

哦，属于你我的今夜的月光……

愿做绿叶

红花是光彩夺目的，在生命的长河里和神圣的事业中，能成为一朵灿烂的红花是令人自豪和骄傲的。但是，红花需要绿叶衬。

能做一枚映衬红花的绿叶也是令人欣慰的。我，不是不想做红花，而是甘愿做绿叶，映衬红花的灿烂与辉煌。

我所在的钦州市中级法院是国家的审判机关，代表人民行使审判权。审判工作是一项神圣的事业，穿着笔挺的法官服，头顶国徽、肩扛天下，端坐在审判席上审理案件，那威严的样子的确令人羡慕。而我虽然已在法院工作了好几个春秋，从事的却都是行政工作或法官培训教育工作，这些工作都是为审判工作服务的，工作的性质决定了鲜花与掌声不属于自己，威严的审判台前见不到我的身影。但我无怨也无悔，把青春与热血洒在平凡而光荣的岗位上。寒来暑往，几度春秋。每当我看到经过“业大”园丁辛勤培育的法官学员，领到了国家承认学历的烫金的大专毕业文凭，满怀喜悦与豪迈的心情，走上审判工作岗位；每当我看到“业大”培养出的法官学员，运用所学精湛的法律知识，驳倒貌似强大的诡辩，促使犯罪分子耷下顽固的头颅；每当我看到“业大”培养出来的法官学员，因工作出色荣立三等功，戴上鲜艳的红花或被提拔到领导岗位，等等，许多时候，我从心底里感到欣慰与满足，是的，茫茫广宇，人世沧桑。生命对每个人来说都是十分珍贵的。珍惜生命，首先就要明了自己生命的意义，寻找出属于自己的真正的人生价值。只有“自重、自省、自警、自励”，才能保证在人生的道路上不迷失方向。只有树立全心全意为人民服务的宗旨，甘于做人民的公仆，才会不至于为自己的职业而自暴自弃。所以，当我站在五尺讲台上，为法官学员讲授法律知识；当我在知识的大海里遨游，吮吸知识的甘露时，我会感到海是那样辽阔，天空是那样蔚蓝与高远，一切都那样神奇美妙。

因此，我想说，能成为一朵灿烂夺目的红花是值得自豪与骄傲的，能做一枚映衬红花的绿叶也是值得欣慰的。为了点缀祖国的春天，我甘愿做一片默默无闻默默奉献的绿叶。

陌生的朋友

朋友是人生的知己或知音，朋友之情有时即使是手足之亲情也难以比拟。而你或许会顿生疑问怎会有陌生朋友之称呢？

陌生的朋友来自河南、山东、四川、湖南、广西，甚至深圳。

都是年纪轻轻、浑身充满青春的朝气与活力，他们都同做着文学之梦作家之梦，那种渴求成功，那种竭力寻找自己位置的浪漫兼现实主义者，不顾旅途辛劳孤身一人从老远乘坐列车，直奔武汉参加武汉大学举办的“95杜子山新诗文创作笔会”，他们有的第一次出远门，第一次来到陌生的城市武汉，那种旅途的艰辛及风险性可想而知（个别人因不慎被小偷盗走了钱包造成财产和身心的损伤）。有的父母送女、有的儿子陪母来武汉参加笔会。陌生的朋友那种对缪斯的挚爱之情令人感动。

不知是不是基于上述原因，对陌生朋友的感觉一下变得不再陌生，尽管他们长着陌生的脸孔，操着陌生的语言，但我似乎感觉到他们搏动的心音是那样熟悉，心灵的距离一下拉近。我们用各自对方不易听懂的语言，亲切地交谈，交谈彼此感知人生、社会的冷冷暖暖及文学创作的艰辛与喜悦。彼此在对方的通讯录上留下陌生的名字。朋友，或许明天我们就要离别，但是，陌生的朋友，既然我们都是忠实于缪斯的痴子，我们何不一起结伴继续同行呢?!

赠书的快乐

4月23日，又是一个世界读书日，我第一个到达钦州市作家免费赠书现场，当时广场人还不是很多，便见12个写着钦州作家名字的台牌已摆在桌面上，我携带自己20多本著作《十年一觉作家梦》进入赠书现场，很快不少读者围了过来，随即，签名赠书活动拉开了帷幕。令我意想不到的是仅仅一会儿工夫，所有20余本书籍已然送完。看到依然舍不得离去的读者，看到他们求知若渴的眼光，我决定托朋友返家再搬一箱（大约150本）过来，读者知道我的决定后十分高兴，纷纷在纸上写下他们的名字，在众多读者中，有夫妻双双带着子女来领赠书的，有爷爷、奶奶为孙子孙女而守候的，有老师帮学生排队的，当书赠完，在作家回家取书的数十分钟里，人们排着队，井然有序，不急不躁的样子。一位名叫谢春燕的小朋友帮三位同学拿书，也帮两位老师拿书，其实两位老师就站在她身后，用期待的目光，充满爱心地望着她，场面十分感人。我想，老师借机培养学生独立自主的能力，或许已超出领书的意义。在此，不得不提到黄家彬先生，他是市作协新加入的一名作家，一早便来到了赠书现场，从作家手中接过赠书，放好后，他便积极主动地帮助赠书的作家做好相关的帮助工作，一位老大姐见状也主动加入帮作家搬书的行列。

天公作美，原本预报说下大暴雨的，当天竟然风和日丽，热爱书的人们，当从作家手中接过一本本签着作家名字的书时，那灿烂的笑容多么令人感动。

然而，曾几何时，曾有人担心读者不爱读书了，有人也预言今后读纸质版的读者会很少，但在赠书现场，短短的时间里，我强烈感受到读者不是不爱书，而是更爱书。尽管电子版图书和电子游戏某种程度对读者人群是有些许影响，但我相信，知识的力量是伟大的，好书对人们心灵的陶冶的作用是毋庸置疑的。

继《轻轻地对你说》《十年一觉作家梦》《生命的意义》之后，本人的第四本作品选《南方雨韵》即将发行。

予人书香，手留余香；予人快乐，自己快乐！这是我欣然参加此次赠书活动最大的收获。

第六辑　十年磨剑

又是一个宝贵的十年，十年磨一剑。人生在世，就是要认真践行自身的价值，就是要具有亮剑精神，狭路相逢勇者胜。当我们付出巨大的努力和辛勤的劳动，我们会收获满满的爱与快乐！

春天，我们吹响了攻坚的号角

龙年春天，似乎来得特别早。

2011 年 11 月 29—30 日中央扶贫工作会议召开。胡总书记、温总理分别做了重要讲话。“两不愁三保障”的总体目标和贫困农民每年每天人均一美元的扶贫新标准深入人心。

2011 年 12 月 26 日，全区扶贫工作会议召开。自治区党委郭书记、自治区人民政府马主席分别做了重要讲话，书记、主席语重心长，动员全区各方面力量，全力打好新一轮扶贫开发攻坚战。

2012 年 1 月 5 日，市委书记张晓钦在市委秘书长林庆山、市委组织部副部长李遥、中共钦南区委书记林海波等领导和市直联谊单位领导的陪同下深入那丽镇马鞍岭村，开展走访慰问和新农村建设调研活动，看望慰问困难党员和五保户，送去党和政府的关怀和温暖；2 月 23 日，全市扶贫开发工作会议召开；市委书记张晓钦出席，市长肖莺子做重要讲话，拉开了全市新一轮扶贫攻坚的帷幕。

一石激起千层浪，八桂大地春潮涌；处处充满着春天的希望。一位奋发有为的党委书记在他的博客深情地写道：“在上级党委、政府和广西社会主义学院的定点帮扶下，我们将在这里办科技培训班，发展特色产业、搞劳务输出，并修路、修水、改造危房，党和政府的支持给人民带来了信心、希望和欢乐，敲响的是新一轮扶贫攻坚战的鼓点！”没有豪言壮语，却代表了千千万万普通干部的心声。

扶贫开发，扶贫济困；情系群众，关注民生；消灭贫穷，奔向小康；构建一幅幅宏伟的蓝图，奏响一个个时代的强音。

向贫困挑战，向贫困进军，到一线去，到最艰苦的地区去。“领导挂点、单位包村、干部包户”；“百联百”“千联千”；广西大扶贫的格局迅速形成……

踏着春天的脚步，自治区、钦州市和钦南区各级领导纷纷前往联系点参加启动仪式；肩负扶贫工作重任的人们纷纷踏上了扶贫开发的征程。

此时此刻，在这场没有硝烟的战斗中，我们吹响了新一轮扶贫攻坚战的号角！

正是缘于此，作为普普通通的参与扶贫开发的扶贫人，在中共钦南区委、区政府的正确领导下，我们创办了这份《扶贫开发》，旨在为扶贫开发工作摇旗呐喊；旨在为困难群众鼓与呼，旨在为新农村建设提供优质服务，让我们万众一心，努力把贫穷落后的村庄变成美丽富饶的新农村。

我们创办《扶贫开发》，正如春天中的一棵幼苗，想要茁壮成长，同样需要阳光雨露和人们的精心呵护……

过把编辑瘾

那是几年前的事了。那是刚刚实行双休，人们从繁忙的工作中挣脱出来，休闲自在，充分享受休息的权利。于是“八仙过海，各显神通”。有的结伴去钓鱼，有的去踏青，有的砌“长城”(搓麻将)，有的比赛“拖拉机”(打扑克)。我没有这方面的特长，只有继续在那孤独的灯影下“爬格子”。

忽一日，一位文友给我来电，称广西钦州《沿海侨报》(系一份国内外公开发行的周报）需要人帮编副刊，问我愿不愿意干。我竟然毫不假思索地答应了。恰好我刚从武汉参加一个全国性的笔会，结识了一批热爱缪斯的青年朋友，为保证稿源，我立即向全国各地的朋友发函约稿。编辑部为方便我联系工作，特意为我赶制两盒名片。从此，不仅本人多了一个称谓，也“庄严”宣告“编辑”生涯的开始。很快，吉林一位自称“北国冰凌花”的女孩儿吴永灵寄来了一叠笑话稿，湖南的刘丹宁寄来了诗歌，深圳的谢晨寄来了小说，我不用愁“稿荒”了。

于是，当双休日别人去“潇洒”时，我独自静悄悄地坐在编辑部里专心致志地修改、润色稿子。稿子要具备知识性、趣味性、可读性，保证“有看头”，受读者喜欢，这是编辑须下苦功努力做到的。有时为了提高报纸知名度，还要讲究一定的“名人”效应。于是，我发函向全国著名的诗人李发模，广西著名诗人何津，作家田景丰，四川诗人赵雪梅，北京国防大学丁辉教授等约稿。不久，发模兄寄来组诗《邀饮》，何津老师寄来《心海升起的太阳》，景丰兄寄来一组散文，雪梅和丁教授分别寄来佳作。我心里十分高兴，在征得老总同意的情况下，每发一名作家的佳作同时配发一篇评论，丁教授的作品由河北作家马树芳撰写，其余均由本人撰写。为体现本报充分尊重作家的劳动和慎重起见，发表前均将评论寄去请他们批评指正。在发模兄受到评论时，我与这位全国著名的诗人通电话，他很谦虚，表示评论《与酒无关》写得不错，他很喜欢，并热烈邀请我到贵州做客，我心里十分激动。何津老师接到评论后，传呼我指出评论中关于他荣获的并不是广西铜鼓奖而是壮族文学奖，避免了失实。而景丰兄则热情洋溢地来信鼓励说“故乡月”副刊，办得很有特色，报纸能用四大开的整版刊登纯文学作品显得大气。排版亦十分讲究，所以是成功的。我及编辑部的同人均深受鼓舞。以后每一期副刊我在版面设计时都努力做到“新、奇、特”。

此时，应钦州师范专科学校文学社的邀请，我以副刊编辑的身份与文学社的同学们见了一面。我作了题为《用眼睛去观察，用心灵去体验——艺术的感悟来源于自然与生命》的文学讲座，那晚天气酷冷，但一百多人的教室座无虚席令人感动。我同事深深感受到文学事业的兴旺发达，后继有人。之后帮我选发了文学社增娜菲、龙起珠、林瑶、叶翠、莫冬梅等同学的稿子。从此之后，师专的稿子如雪花般飘来。在我担任副刊编辑一年多时间里，这支文学生力军一直成为支持报纸的重要力量。我发了三十余名同学的作品，他们之中如增娜菲等人进步神速，加入了广西钦州市作家协会，并在《钦州日报》发了专版作品，成为钦州文坛上升起的“新星”。

和众多编辑一样，看到新人成长是值得高兴的事。因为培育、发现、扶持新人是编辑的又一神圣使命，至此，我才真正体会到编辑是无名英雄，默默无闻地为他人做嫁衣的真正含义。体会到做一个编辑的酸甜苦辣，编辑一辈子扶持了无数新人，但往往会牺牲自己……

一年后，广西钦州市中级法院党组织将我提拔为该院中层干部，工作自然忙，担子也重了。为了无愧于“编辑”的称号，对得起读者，我只好忍痛放弃这份我热爱的业余的“编辑”工作，但不管怎样，我常常有一种自豪感，毕竟我曾经做过“编辑”，过足了一把“编辑”瘾。

红五月的祝福

走进红五月，一如走进玫瑰般炽烈的季节，阳光是灿烂且热烈的，红五月的风鼓满了心域涨潮的帆。人世间的一切是那么幸福美好，令人忘却曾经的痛苦与失落。在红五月，风甚至都是多情且善解人意的，流星雨则弥漫着温馨与甜蜜。

在充满生命意义的红五月，我终于接到远方一位几近不惑之年的友人的报喜，并应他的玫瑰之约，走进他充满诗情画意的结婚礼堂，于是有幸看到，当他挽着其美丽温柔贤淑的妻子缓缓地走进婚姻礼堂，全场响起热烈的经久不息的掌声。这时，有位白发苍苍的母亲情不自禁地掉泪了。这是幸福之泪！自豪之泪！喜悦之泪呵！因为这位母亲的儿子不再是长空里孤独的大雁，也不再是大海里漂泊的红帆，他终于找到了属于自己生命里温馨宁静的港湾。

鲜红鲜红的玫瑰捧出来了，它代表着全体人们对这对新人爱情生命的美好祝福，醇香醇香的美酒捧出来了，人们盛着美酒频频举杯为新人祝福，同时也分享着他们的幸福与欢乐！

我呢，由于不断地为新人鼓掌，连手都拍疼了，但为友人祝福，我忘却了自己曾经的伤痛，心底亦潜过了一缕缕幸福的暖流，于是我悄悄地离开了礼堂，我好想把自己的感受告诉朋友们：当我们拥有了幸福与快乐，就应该好好去珍惜啊！

生命的真义

“生命诚可贵，爱情价更高；若为自由故，两者皆可抛。”这是革命的仁人志士一首注释生命与爱情的正气浩然的壮歌；而爱国将领文天祥一曲“人生自古谁无死，留取丹心照汗青”，壮怀激烈的千古绝唱所带给人们的岂止是心灵的震撼？

大千世界，千姿百态；芸芸众生，谁主沉浮？!

人，终究是大自然最可爱的生灵。“活着，究竟是为了什么？”“生命，到底有哪些意义？”或许你曾扪心自问，曾冷静思考，曾上下求索；或许你会产生困惑，会迷茫惆怅，甚至还会彷徨失落。由于每个人的经历不同，处事方法不同，理想追求不同，结果肯定是五花八门的。然而，既然上苍还赋予我们“人”的称号。那么，我们就没有任何理由碌碌无为，虚度时光！没有理由长吁短叹，怨天尤人；更没有理由自甘堕落，苟且偷生。

“生的伟大，死的光荣。”是这一代伟人毛主席对刘胡兰的高度评价。刘胡兰烈士为了共产主义事业，不惜牺牲了自己年轻宝贵的生命，堪称人生的楷模。所以，毛主席号召人们向刘胡兰学习，生像刘胡兰烈士一样伟大，死要像刘胡兰烈士那样具有为共产主义事业轰轰烈烈的献身精神。

而今人类已进入和平时代，远离了战争，远离了硝烟的战争还存在着，在1998年的抗洪斗争中，洪魔没能征服人民，相反党群万众一心，众志成城，党和国家领导人关心群众冷暖，英勇善战的子弟兵冲锋在前，党与群众凝成了新的血肉长城……

这一次，党和国家还有我们的人民又面临“非典”的考验。

面对凶猛的传染疾病，怎样做，生命才更有意义？

在这次全国上下万众一心，众志成城，团结一致，同舟共济，抗击“非典”的战斗中，涌现出许多可歌可泣的动人事迹，如广东省中医院护士长叶欣等，为了保护广大人民群众的生命健康安全，她献出了自己宝贵的生命，谱写了一曲抗击“非典”的壮歌。为保护人民群众的生命安全，叶欣同志战斗到生命的最后一刻，生命不息，冲锋不止，虽然最后她终于倒下去，但唤起的却是全国上下万众一心抗击“非典”、战胜“非典”的决心和信心。

闪光的是生命的露珠，永恒的是不灭的精神。

中华全国总工会为了表彰叶欣等医务工作者那种团结协作、依靠科学、无私无畏、顽强拼搏的时代精神，以及为了保护人民群众的健康和生命安全做出的重大贡献，授予他们全国“五一”劳动奖章。这是共和国授予叶欣同志生命的最高荣誉。

有益于人民，人民会永远记住她，悼念她，叶欣同志永远活在人们的心中……

诚然，生命中还有更多的在默默奉献的人们。他们是平凡的。平凡的岗位，平凡的工作。一切普普通通、平平凡凡，但是平凡往往又孕育着伟大。只要你善待生命，珍惜生命，热爱生活，无怨无悔，生命就会显现瑰丽的色彩，就会增添人生的乐趣，人活着才会充实，才会更有意义。

发愤图强，艰苦努力，不丢掉理想，不迷失自己。相信，总会有一天，你生命的价值将会得到充分体现，你生命的风帆将会乘风破浪直济沧海。

朋友，珍惜、热爱自己的生命吧，这样的人生才会更有意义。

伤逝已如梦

在心情忧郁的夏季，忽一日被友人拉出去散心。男人相聚，难免要喝上几杯。于是就不停地劝酒，不停地喝酒。由于心力交瘁，不胜酒力，很快就不知不觉地酩酊大醉，终于悲壮地被友人挽回宿舍，在一片浓浓的酒意中沉沉地睡去。午夜时分，你突然打来传呼，幽幽地说，无法接受这样的现实，一切，就当是一场梦吧！此时的我刚刚酒醒，听你的声音柔柔的犹若游丝，一激灵，心灵好似夏雨过滤了一样清醒，只好不无遗憾地答道，那就当场梦。或许你心里比我更明白：一旦梦醒了一切将不再拥有！

我知道，你指的所谓现实，就是我昨天受过伤后的心灵遗下的创痛（时常隐隐作痛）。而当时的你则十分洒脱地对我道，什么都不用说，好吗？于是我就没有解释，也没有说，我相信缘分，相信随缘而安。记得古人曾慨叹，“曾经沧海难为水，除却巫山不是云。”我以为只有曾经沧海的人，才会真正明了生活之艰辛，幸福之珍贵，情义之无价。然后，除却巫山，何处寻找彩霞之云?!记得你柔声地对我说，“为我写篇散文好吗？”或许你知道我是写散文诗出身的，而散文诗篇的确都很优雅，很美丽动人，尽管自己才疏学浅，但直面你柔声的请求，注视你水汪汪的一双大眼睛，我能不答应你的要求吗？谁料到柔情似水，佳期如梦，却寻不到你的踪迹。离别了你，伊人何方？心徒添了几分惆怅与失落。于是，每每跻身于茫茫人海，只希望看到你温柔熟悉的笑脸；每每经过绿色的门前，总强烈地渴盼会出现你的倩影。然而，除却夏季炎热的风，除却夏日冷冰冰的雨，心灵已长满了芨芨野草。人们曾说，不改初衷的人，是最幸福的人。对于缪斯我苦苦追求了十多年，丝毫没有半点改变。扪心自问，我幸福吗？回答是否定的。多年以来，也许我失去的要比得到的多得多（包括你）。孤独与寂寞常伴着我，困惑着我，每每回到独居的三房一厅，宽敞但不明亮的住所除了两个大书柜的千册藏书（其中两本属于个人专著），我还拥有什么呢？当夜幕降临，倒是鼠们吱吱喳喳出来捣乱了，此时便会令人产生这样的感觉，与鼠同住，与鼠同舞，悲乎？于是内心楚楚戚戚地想着下雨。常言道，男人有泪不轻弹，为了不辱男人的称号，我只好将泪水强吞进心底，这是一个不太成熟的男儿在黄昏乃至夜幕降临时的心态。而每当旭日初升，直面霞光万道，人前人后，我依然笑得灿烂。其实我并不是想掩饰什么，也并不在乎失去什么。可以自慰的是，人性本是善良的，因此人的心灵是共通的。尽管每人都有自己难念的经，每人的处世态度不同，生活经历不同，所遭遇的酸甜苦辣不同，毕竟我们还是顽强地生活着，幸福地活着，爱着别人或被别人爱着。因此，不管生活是如何艰难曲折，前进的路上是怎样崎岖泥泞，毕竟我们有支撑着蓝天的不眠信念，更有不折不挠的精神。只要我们堂堂正正做人，公公道道办事，就可以无愧苍天无愧大地，无愧于人，无愧于心，就可以洒洒脱脱地生活，哪怕是十分清贫地生活着。于是我恢复了往日的勇气与自信，在知识的海洋里遨游，在自己平凡又伟大的岗位上拼搏，努力工作，发一分光添一分热。

既然伤逝如梦，何必再彷徨忧伤。哦，放眼四方，遍地洒满灿烂的阳光！

冬日情思

一

雪花飘尽，心，徒有一腔热血。

你，是否明白：遗忘，也是一种悲壮。阴雨霏霏，发霉的信封邮不出感叹；心，盼着阳光，明知雨中孤独，偏喜欢走泥泞的雨巷，而且故意不带雨伞，而且故意让寒风冷雨抽打，莫非这样，才能把思念拉长？

岁月蹉跎，江水汩汩，难以剪断的是如丝如缕的情思；楚楚目光，只好沿你被放逐的荒原流浪。

令人心愁的晨昏，滋生美丽的阵痛，磨难与痛苦，又分外见人间真情。你真诚的微笑，绽开羞涩的桃花，我萌生变蜜蜂的幻念。

盼你，这头温柔善良的小鹿；想你，这棵活泼多情的柳树。静夜如水，心中念你到天明，声声呼唤，都是你如萤的名字。

二

一首歌，可以将生命之树唱绿，两只青鸟在无忧的下午在枝头欢唱，轻轻传递春天的讯息。

谁会知道，我在雪花飘飞的日子，读你北国的晶莹，读成潇洒挺拔的白杨树。然而，当我从晶莹的梦中醒来，我忽然发现你伞下那位爱捉蜻蜓的翩翩少年不再是我。我，拥有的，只是浅浅回眸中滴着几点带涩的甜蜜，只是让以往写给你的书信在烈焰中发出孤独的蓝色。我在普罗米修斯被缚的悲剧中，究竟扮演了什么角色？

三

不幸是由于病痛，大幸是由于相遇，心灵在你纯真的笑容中净化，世上还有什么比理解宽容更令人忘怀呢？

人生，不求终生相伴，只祈求心心相依；无言，也是一种情绪，受伤的心若有你无言相对，也是莫大的慰藉，而我，属于我的橘色夜晚究竟在哪里？

你，洁白手帕挥一挥，拴在心上的痛苦就如惊鸟逃遁，可是，哪天你远我而去，只把梦留给昨天，留给落日的余晖？

等你，等你于岁月的槐树下，历尽人间风雨，相遇不枉人生一次，但是，如果爱你是一种伤害，我会像一颗流星消失……

为你精巧的心灵结晶，为你的五彩的梦，我是否能献上一首诗？我想把你摄进心底，让岁月的流水无法冲去，你愿不愿意？

泪眼，瘦成一条相思河，一条河的相思。无声的淡月下，我孤单的影子，拖得很长很长，我常常踩痛自己。

如果，我苍白的小屋，容得下真诚的你，无论今生还是来世，我不会再相信关于世界住房紧缺的传奇。

不知从什么时候开始，春风已将蓝色的窗帘高高扬起，我的心飞上广博的天空，愿是一只鸟，可俯瞰你的世界，愿是一首歌，挂在你的芳唇。

泪洒舞台

2014年11月13日晚上19时30分至22时9分广西电视台《第一书记》录制舞台现场，可以毫不夸张地称为“爱的海洋”。在五颜六色多彩缤纷的灯光照耀下，善良的人们一边鼓掌，一边流泪，一边举起一个个爱心的捐款牌，1000元、2000元、5000元、10000元……数字在更替着，爱心在流淌着……

时光要追溯到今年3月，市里派出第二批第一书记，市群众艺术馆多才多艺的罗云同志到钦南区黄屋屯镇屯利村担任第一书记，他放下架子沉下身子，起早摸黑，走村串寨，带领屯利村2440多名群众搞产业修道路，村里一下子热火朝天。屯利村是国家级的贫困村，基础条件很差，开始连主干道也没修通。市委常委、分区徐司令员和军分区政委唐立福等军分区领导曾挂点屯利村，他们多次带领军分区官兵到学校，到贫困农户深入调研，召开座谈会，现场办公会，市各联谊挂村单位，市侨联等，有钱出钱，有力出力。钦南区党委、政府、扶贫办也是想群众所想，急群众所急，从有限的经费中，筹集了100多万元，用不到2个月时间就修通了长约四公里的主干道。屯利村2400多名群众的行路难问题基本解决了，群众心里笑了，军分区首长对此也给予充分肯定。

基础设施完善了，剩下的就是如何带领群众致富解决造血功能啦。这时，罗云第一书记走马上任。他团结带领村两委一班人经过多方考察认为，屯利村气候、土壤条件比较适宜种植牛大力和油茶树。于是在罗书记的宣传发动下，全村群众种起了牛大力，还专门成立了专业合作社，致富能人朱三哥担任社长，群众脱贫致富奔小康的梦想就要实现了，他们开始描绘屯利村的蓝图。

这个时候，屯利村发生了一起感人的故事。罗书记陪超模杨逸菲到屯利村体验生活，走进一边杂草丛生的荒地，蓦然发现一个小小身影在捡榄子，他们两人赶忙上前打听，原来捡榄子的小女孩儿名叫曾丽敏，今年 14 岁，是黄屋屯中学初一学生。她父亲在她小时候不幸逝世，母亲改嫁他人，家里只有一个年过 70 岁的老奶奶与她相依为命。因为奶奶老了，还有风湿病，无法做工，只有靠小丽敏一个人利用课余时间捡榄子卖为生。更凄惨的是，由于风暴，祖孙两人原来居住的地方也倒塌了，只好临时搭个帐篷遮风挡雨，艰难为生。来自大都市的超模小杨哪曾见过这样的苦难哪？一下子便哭了起来，倒是坚强的丽敏在一旁不停地劝小杨“姐姐不哭了”！

后来，随着小杨采风体验生活的深入，又发现了另外一个村子一名年仅 9 岁的张枝红命运也是十分凄凉。枝红 8 岁时，其父亲因病逝世，母亲外出打工，一下没有了音信，家中只有一位八旬老奶奶与枝红相依为命。杨逸菲又一次哭得昏天黑地。

正巧，广西卫视到钦州拍“第一书记”的故事，选中了罗云和两个命运多舛的小女孩儿作为励志儿童来到了广西电视台。当丽敏讲述了自己的故事，倔强地说了一句“我不能哭！我不能示弱！我要保护好奶奶”，全场的掌声一遍又一遍热烈地响起，这是善良的人们对丽敏的亲切鼓励。转到枝红上场，当 9 岁的女孩儿从口中吐出一句“奶奶是爸爸托付给我的”。所有在场的每一个人无不为之动容！北海诺贝尔幼儿园的李老师说：“今晚流了多少泪啊？要喝上多少水才补得回来呀？”善良的人们啊，眼泪是宝贵的，正是泪洒舞台，才见证了人间大爱。人们争先恐后涌上了舞台，将一份份爱心交到丽敏、枝红手上，我也快步走上舞台坚定地对丽敏、枝红说：“丽敏、枝红加油！在座包括电视机前的爷爷奶奶，叔叔伯伯，阿姨，哥哥姐姐们都会关心疼爱你们的！你们放心好好学习吧！国家有扶贫政策，也会像旭日阳光一样照耀着你们！”

十年磨一剑

十年前的今天，2006年11月12日，我义无反顾离开了工作条件优越的钦州市中级人民法院，来到钦南区党委办工作，任副主任兼督查室主任。那时还算年轻，血气方刚，满腔的工作热情，全身心投入工作的激情，很快赢得了区领导和同事们的认可，工作也很快进入了状态。第一仗是督查沼气池建设工作，从全市落后被点名批评，到率先在全市完成了当时在许多人眼中无法完成的2500座任务，督查工作始终起到了助推作用，当十二个组交叉检查组圆满完成督查任务之际，全区的任务也得以完成，打了一个漂亮的翻身仗，从中我结合钦南区工作实际创出了多种督查法。时间很快翻开了新的一页。

2007年1月中旬，在我带队下乡到距钦南区最远的龙门港镇进行党风廉政建设考核的第二天，区委办领导一个电话让我赶回钦州，原来广西刚开展城乡清洁工程，区委决定让我兼任区城乡清洁办主任，负责清洁乡村工作，从此一场动员全区社会各界向五乱宣战的行动拉开了序幕，组织上成立了十人为成员的办公室，显然力量是单薄的。经请示报告，区委特邀了九十名富有责任心和战斗力的同志兼任区委督查员，从此督查力量得到空前加强，这支队伍活跃于大街小巷，乡间地头和城乡接合部，拆猪栏，清垃圾，哪里需要哪里就出现他们的身影，肩上的红袖章，过硬的工作作风，吃苦耐劳，敢于碰硬，被群众亲切称为城乡清洁别动队，正是依靠这支队伍，打了一个又一个硬仗，啃下一个又一个硬骨头，我清楚记得2007年1月25日傍晚我正在家吃饭，突然接到区委庞书记电话，称永福广场AAAA级景区内竟然有一个大猪栏，污水横流，臭气冲天，刚刚被广西电视台曝光，要求我立即赶过去处理，我第一时间赶过去，广场已围观了不少看热闹的群众，猪主跳上跳下，拒不承认污染环境，还扬言谁敢碰他猪栏与谁没完。面对几乎失去理智的猪主，我毫不畏惧，反反复复做他的工作，从市容市貌，生活环境对城市的影响到违反城市管理应负的责任，有理有据，依情依理依法终于劝说成功让猪主自觉拆除猪栏，转移猪仔，看到近20只猪登上车，在场群众都情不自禁鼓起掌来，当晚还是广西电视台记者有备而来，拍摄了钦州市行动速度快，第一时间整改AAAA级景区的新闻次日播放，消除了负面影响。此后不久，正在区委大院开会，主要领导说市领导发信息过来，我们辖区又发现类似情况，该哪位同志去处理的，请立即去处理。我马上赶过去，原来是区委一个常委部门的责任街，该部门一位副职领导正一筹莫展，急得团团转，看见我赶到，非常高兴，我察看了现场，分析了形势，同样采取先礼后兵以情动人，以理服人，苦口婆心做了两个多小时的思想工作，终于让事主自动履行，又一件棘手的猪舍事情也得到圆满解决，在此后的近一年里几乎每次吃不下的，都由别动队的出马，绝大多数都由我带队冲锋在前，多了，同志们亲切地称我们为“救火队”。每次冲锋都无一例外是难处理的事情，矛盾冲突很激烈，好几次都差点动起手来，我劝导队员要沉着冷静，行为规范，语言文明，一次又一次化干戈为玉帛，全区城乡清洁工作上了一个新台阶，得到许多群众的信任和支持！

转眼一年过去了，当时的东场镇综治工作，被市里一票否决，城乡清洁工作滞后反复被新闻媒体曝光。区委常委基于以上原因，一致同意任命我为该镇书记，去救火并收拾烂摊子。上任伊始，我明显感到一种无形压力，于城市管理及于机关我无疑是可以胜任的。但于农村，尤其是这个上访多诉求强烈的乡镇工作，我心中是没底的。但我不被困难吓倒，到位后立即深入各村委调研了解第一手情况，并逐个与镇政府干部职工谈心谈话，广泛听取他们的意见，我提出了“依托港口，以港兴工，镇村互动，三化强镇”的工作思路，交镇党委会讨论，得到党委一班人的拥护和支持，以后我又倡导“五个不让”工作法，带头遵守单位规章制度，凡规定干部职工不做的，我首先带头不做，同理凡要求干部职工去做的，我带头做到。火车头的作用发挥出来了，干部职工一改沉闷的面貌，全镇干事创业的氛围出来了，东场镇一举获取了钦南区林改工作第一名，综治工作也跃上新台阶，摘掉了落后的帽子。

2011年5月10日，根据换届工作需要，我要回区扶贫办任主任。离别东场的当天，在全体干部职工大会上，我回忆了三年半多与大伙共同战斗的日日夜夜，深情地表达了对这片土地的眷恋，寄托了对东场人民的祝福，后来我写成了一篇散文《东场，我心中永远眷恋的土地》，获市及钦州港征文比赛奖。回到扶贫办任主任，干部职工仅四人，但士气不高，原因是人少工作多，而且待遇偏低。我找准原因，对症下药，提出打造人性化管理办公室的想法，记住每个干部职工的生日，一旦到生日每人一个蛋糕，还会同时收到我动手写的生日祝福。礼轻情义重，我相信那一刻同志们心里会暖暖的。团结出力量，团结出信任。大伙按照我提出的“团结务实，优质高效”的工作要求，分工不分家，大家团结协作，完成区委区政府交给我们一件又一件的工作任务。经过我努力争取，办公室三位同志享受了正科级工资待遇。办公室荣获“自治区先进工作单位”等殊荣，群众自发赠送了好几面锦旗。

中国梦，复兴梦

——小记蒋开儒老师的《中国梦》

2013年的春天来得特别早。在全国两会上，习近平当选为国家主席，他发表重要讲话时，再一次深入阐释中国梦。“中国梦，归根到底是人民的梦！”令人振奋，催人奋进，如春风回荡在早春的中华大地上。

我心情激动，立即拨通了远在深圳的蒋开儒老师的电话。蒋开儒老师是中国著名词作家，他创作的歌词《春天的故事》《走进新时代》已红遍大江南北。而作为她们的姐妹篇《中国梦》亦将唱响。和蒋开儒老师谈着谈着，我不禁想起，多次走近蒋老师和他的《中国梦》的情景……

梦的诞生

“中国人，爱做梦，千年美梦，一脉相通……”十八大前夕，当《中国梦》抒情、优美、流畅的旋律在全国多家电视台播出时，每一位听众都会被这首旋律激昂的歌曲感动。蒋老师的《中国梦》把现实与梦想结合，向人们呈现了一幅无与伦比的繁荣盛世画面，放飞了人们心中的小鸟，飞向千百年来梦寐以求的美好家园。

蒋开儒老师《中国梦》的创作灵感源于钦州。2007年5月27日，蒋开儒老师到钦州采风、体验生活，看到了钦州以及北部湾开放开发的建设热潮，一下就找到了1992年在深圳的感觉。钦州的领导干部和广大群众努力落实总书记和党中央关于建设北部湾的指示，群情振奋，快速发展，处处表现出和谐与理性。时任自治区党委常委、市委书记黄道伟对他说：“现在我们不仅有了深圳当年那种激情燃烧的热情，而且我们有了科学发展观的指导，更加理性了。”蒋老师听了心中很激动，脑子里马上跳出两句歌词，“激情拥抱理性，时尚嫁给经典”。

此后，在钦州的15天里，蒋老师在时任钦南区委庞卡书记、宣传部长裴明等领导的陪同下，几乎踏遍了钦州的山山水水。钦州港、三娘湾、刘冯故居、八寨沟、白石湖、康熙滨海浴场等都留下了蒋老师的足迹。蒋老师一边看，一边思考，一边酝酿歌词。夜深人静，蒋老师更是精心研究《美国梦》《欧洲梦》《中国梦》。1776年，《美国独立宣言》激进宣称：“每个人都拥有不可剥夺的生命权，自由权和追求幸福的权利。”这成为美国人的梦想，激发出有史以来空前强大的人类力量。但部分年轻一代省略了“追求”两个字，缩成“都有幸福的权利”，只要幸福不要追求，使美国梦日益暗淡。而在中国，党中央的指导思想则更贴近人民，以人为本，科学发展观，可持续发展，建设繁荣小康，构建和谐社会……蒋老师心中涌动了，所有这些不正是中国人民千百年来所追求的“中国梦”吗？

梦的实现

蒋开儒老师《中国梦》的歌词得到各级领导和专家的肯定后，7月3日，著名作曲家肖白应邀来到了钦州。8月10日，肖白老师三易其稿精心地为歌词谱好曲。8月20日，时任自治区党委常委、市委书记黄道伟，市委常委、副市长、宣传部长白志繁，时任钦南区委书记庞卡等领导亲赴北京，请著名歌唱家张也演唱歌曲。8月22日，当张也清亮、甜美且激昂的《中国梦》第一次从录音棚传出时，所有在场的人都为此欢呼雀跃。

就这样，《中国梦》从钦州飞了出来。

《中国梦》唱响主旋律——

“中国人，爱做梦……梦桃源，梦大同，梦一个天下为公……”这是《中国梦》的歌词。

“这不正是中国的千年之梦吗？”蒋开儒说，《中国梦》唱出了中华民族渴望复兴的心声。

世界上的每个民族都有梦。中国近代170年来，尤其是改革开放30多年以来，中华民族有了自己的梦。“梦回归”，港澳已回归；“梦嫦娥”，“嫦娥”已飞天；“梦小康”，小康从全面建设到全面建成。

“‘中国梦’带有广西的元素，北部湾扬帆起航，西江黄金水道通江达海，GDP 超过 1 万亿，实现了富民强桂新跨越。”蒋开儒说，广西还成为了国家东盟战略的重要“门户”。

“中国梦”更带有钦州的元素，当年的“三大”梦渐行渐近，5 年间从农业经济向大工业时代迈进，从“大农村”走向现代化滨海城市。从 2011 年以后，钦州连续保持多项指标领先，财政收入迈入了百亿元俱乐部，并稳稳保持前四位。

在中国，个人的梦是小康和大同，与中华民族的复兴梦高度统一。小康梦与复兴梦的碰撞，产生了强大的共鸣，使“中国梦”成为流行语，成为民族的共识。

“学有所教，劳有所得，病有所医，老有所养，住有所居”，正是古人“大道之行也，天下为公……鳏寡孤独废疾者，皆有所养”之说，这是“千年美梦一脉相通”。

梦的延伸

“‘中国梦’既是对国家繁荣昌盛的期盼和希望，更是对幸福，美好生活的向往和追求，是一种乐观向上，积极进取的人生态度。老百姓的梦想实现了，‘中国梦’的实现就不远了。”蒋开儒老师在谈到《中国梦》时激情慷慨地说。

蒋老师说，每次到钦州，他都被一种激情牵引着，是钦州市领导干事创业的万丈豪情让他心潮澎湃，是钦州日新月异的发展让他振奋不已。这种情绪激发了他心中的灵感，他觉得钦州人的奋发，钦州人的努力，正是在追求他们心中的梦想。他们的梦想是富裕之梦，和谐之梦，希望之梦。这不仅是钦州人的梦想，更是中国老百姓心中的梦想，他要通过《中国梦》这首歌把这种情感唱出来，唱出钦州人的理想，唱出千万老百姓心中的美好夙愿。

《中国梦》作为向党“十八大”献礼歌曲，充分反映了钦州、北部湾乃至全国人民加快发展，全面建成和谐小康社会的信心。目前，广西北部湾经济区已被广泛认同，北部湾开发建设如火如荼，而在此推动下，地处北部湾中心区域的钦州，发展也将会越来越快。当前，钦州正在重点推进石化、能源、造纸、粮油加工、冶金工业、修造船六大基地建设，着力打造北部湾核心工业区。钦州，正迈着矫健的步伐走向现代化滨海城市。

蒋开儒老师的《中国梦》是繁荣盛世、民族复兴、人民幸福的“中国梦”。我们期待蒋老师的《中国梦》能唱响北部湾，唱响全中国，唱进每个老百姓的心坎上……

钦州精神：一脉相承

我们自豪，因为我们都是钦州的一员。

钦州是个具有1400多年历史的文明城市，是个古老而又充满朝气的城市。虽然我们不敢夸海口，称自盘古开天地钦州就有了自己独特的钦州精神，然而，尽管岁月如梭，沧桑巨变，几经风雨，历经磨难，进步到而今的繁荣富强。我们实实在在，真真切切地感觉到钦州精神：一脉相承。

正是有了自强自立、生生不息的钦州精神，才有了冯子材80多岁披褂出征，刘永福抵御外国侵略者入侵，黑旗军令“鬼佬”闻风丧胆，于是才有了著名剧作家、诗人田汉的赋诗：“近百年来多痛史，论人应不失刘冯。”

正是有了艰苦奋斗，默默奉献的钦州精神，才有钦州人民砸锅卖铁，硬是一分一分地捐款筹资兴建钦州港，造就了而今亿吨大港的即将梦圆。

正是有了开拓创新，争创一流的钦州精神，才有钦州人民响亮提出的勇当广西北部湾经济区排头兵的豪言壮语！才有市委提出的“建大港、兴产业、造新域、强科技、惠民生”的发展战略；才有千帆竞发，一天填海40亩，7天建成一层楼的奇迹。

我们自豪，我们是钦州的一员。

自豪之余，我们更要弘扬钦州精神，要努力做到“自信、自强、激情、活力”。自信才有信心，人有了信心才有力量的源泉，因而温家宝总理说：“信心比黄金更重要。”自强才能自立，无欲则刚，有刚自会强。激情拥抱理想，有了激情，有了目标，便要咬住青山不放松，一抓到底不动摇，事业的成功离不开豪情的创造。活力，有生机才会有活力，才会有源源不断的动力源泉。

发扬钦州的精神，传承钦州精神，是我们义不容辞的责任。让我们大家一起给力！

钦州精神：一脉相承！

（此文荣获 2011 年新时期“钦州精神”主题征文二等奖）

十年一觉作家梦

那本渴盼已久飘着墨汁芳香的拙散文诗集《轻轻地对你说》终于捧在了我的手上，真教我有点不敢相信。十年了，我对文学的痴爱丝毫不减，今日我之所以不惜花费一定时间、精力自费直奔夏日炎炎有火城之称的武汉市武昌区参加武汉人学举办的“95桂子山新诗文创作笔会”。正是因为这种痴心之使然。此刻，静静地坐在华中师范大学招待所南楼205号房间，明亮的台灯下，摊开的洁白稿纸在等待我倾注感情，而我该说些什么呢?!

或许出一本书，加上这几年在全国各级报刊所发表的各类文学作品字数已有十多二十万字了。如果按照加入广西作家协会的要求须在省级以上刊物发表诗歌二千行或散文、小说十万字以上的标准的话，似乎已符合了。而我想任何事情要取得成功，肯定要付出艰辛的努力或代价，有时直到心力交瘁的地步，真有点为伊弄得人憔悴的滋味了。是啊，甘苦寸心知，回想十年前的中学时代，凭着一种初生牛犊不怕虎的冲劲，日夜苦攻整天吟诗作对，异想天开一夜之间就想戴上作家的桂冠，那是一种诱人的荣耀。于是竟不知天高地厚地一个劲儿地将不成熟的稿子投向当时颇有名气的南京的一家文学期刊《青春》，也难为《青春》的编辑老师，为应付我这个无知的中学生，花费了大量精力，竭力给予扶持，仅诗歌、散文组一位不知名字的编辑给我的亲笔回信就有好几封，其中一封信鼓励我道：“只要辛勤耕耘，终会有收获之日。”字写得很潇洒漂亮，我一直珍藏着，或许是由于众多文学师长的扶持，加上单位领导的关心鼓励，使我有勇气一直坚持在崎岖而拥挤的文学创作道路上奋力前行，默默守护并寻找寂寞精神园林中属于自己心灵的一隅，或说是芳草地，直至今日痴心不改。当然我无法知道是否会成功，因为梦的本身就像月儿也有圆缺，只知道这十年一觉作家梦有泪水也有欢笑，有苦亦有甜。而且自己属心甘情愿，就像这次我孤身一人不顾旅途的辛劳与寂寞直赴武昌参加“95桂子山新诗文创作笔会”一样。

后 记

为了及时交稿，我用上了整个国庆小长假所有的休息时间，几乎达到了忘我的状态，总算是把这些年所写的许多不成熟之作奉献出来，市政协何敏成副主席，凤芹本家主席，世林兄弟，诗人祝迎提出了许多宝贵意见，张小玲主任除亲自接受采访之外，还常常微信分享她的书画，展示这位世界残奥冠军多才多艺的一面。还有市和钦南区诸多领导为采访提供便利条件，陆春霞发来她的大作，向阳街道葛锦春书记亲自陪我到丰园小区采访，小区李经理热情好客，文明有礼给我留下美好印象，本办的信超、春龙、乃恒、熊芳、红敏均协助整理稿件，市印刷厂陆师傅给予友情支持。就此一并感谢。

还有远方的李佳玲编辑一直给予鼓励，所有这一切都深深打动我，激励我奋力前行。喜迎十九大，我们要努力为钦州创建全国文明城出力，为钦南全域旅游争光！

当我即将完成写作之时，忽然收到远方朋友发来的这个《十全十美的祝福》。借此一并与所有关心支持我的各位领导、朋友分享！谢谢并祝福你们！

10月10日这一天，
对你的问候十万火急，
愿你烦恼全抛九霄云外，
祝你幸福快乐、十全十美。

【祝】雁鸣阵阵，飞鸿传书
【你】鱼跃于渊，尺素传情

【双】旧时相识，远在天涯
【十】常常思念，长长牵挂
【节】相聚不易，相离不弃
【快】祝君幸福，平安如意
【乐】双十节到，十全十美

【祝】一个会心的微笑，
【你】一个温馨的祝福，
【十】一份纯洁的友情，
【全】一个理解的眼神，
【十】传递幸福的信号，
【美】祝十月十日快乐。

八方好运纷至沓来，七星高照洪福无限，
六六大顺富贵开花，生活美满五彩缤纷，
抬头见喜四季来财，总之好事接二连三，
一生健康平安幸福，祝你十月十日快乐。

十月的鲜花，问候你
十月的幸福，祝福你
十月的祝福，送给你
生活滋润，一切顺心如意

一朵秋叶
烂漫了整个秋天
一缕清风
诉说着情意的牵挂
一纸问候
愿你幸福快乐每一天

十月十日这个美好的日子
愿你继续实现幸福指标
让快乐贯穿月初年末
让幸福贯彻月头年尾

让好运伴随日起日落
让健康守护春夏秋冬
让爱情甜蜜朝朝暮暮

作为你最忠实的朋友
全心全意祝福你每分每秒
祝你月月都快快乐乐
愿你天天都顺顺当当

十月盛开的鲜花送给你
每一朵都代表着
福气、好运、健康、快乐
谁得到，谁幸福到永久

在这特殊的日子里
忘了谁也不能忘了你
愿我们的友谊长长久久
祝我的好朋友一生平安

望望满天星空
想想昔日朋友
思念是一种幸福
牵挂是一份真挚

问候是那么动听

距离也变得美丽
我把所有的祝福送给你
祝你十月十日快乐

10月10日这一天
唯美文祝圈里的朋友
度过开心愉快的一天

当你打开这个微信的时候
你就打开了吉祥和鸿运
愿所有美好祝福都涌向你
祝愿你心情舒畅万事顺意

10月10日这一天
我要送你全心全意的祝福
相识一场
欢聚一堂
不管是常联系的朋友
还是不常联系的朋友
都想衷心地对你说一声
感恩生命里有你

愿你的人生
收获的就是幸福和健康
在这最最美好的一天
送给你最最美好的祝愿
祝您身体健康，幸福快乐

温暖在眼前
祝福在身边

诚挚的问候倍感温暖

友谊无极限
牵挂四季伴
无论何时何地
你都绚烂在我心田

平时工作有点累
晚上记得多睡睡
没事不要喝太醉
玩乐注意别疲惫
朋友提醒全免费
愿你快乐翻翻倍

宽容一下
留一份简单给自己
轻松一下
留一个笑脸给自己
休闲一下
留一个空间给自己

睁开眼睛
给你一个轻轻的祝福
愿它每分每秒都给你
健康、好运和幸福
希望你度过美好的一天

早上空气清新
叫你事事顺心
上午阳光明媚

祝你薪水翻倍
下午小风娇好
愿你青春不老

选中一天的美好
剪切悲观的烦恼
删除不满的忧虑
粘贴快乐的心境

刷新过滤的苦闷
保存美妙的心情
轻轻一声问候
愿给你带来美好的一天

太阳冉冉升起
清风柔柔吹起
花儿伸伸懒腰
喜鹊喳喳鸣唱

愿清晨的旭日带给你好运
愿蔚蓝的天空带给你梦想
愿我的祝福带给你
一整天愉快的心情

今天是十全十美的好日子
今个忙里偷闲
祝福你别嫌短
我希望你快乐直至永远

各位新朋老友

我们来自五湖四海
我们相识皆是缘分
是关心让你我心心相印
这份情谊我会永生铭记

朋友情
是一生最宝贵的情感
不管是常联系的
还是不常联系的
都祝你们一生幸福

愿所有朋友
一生快乐，永远平安

谢向东
2017 年 10 月 10 日